하하하 한국어

Hahaha Korean

韓語單字・
會話真簡單

國立臺灣師範大學進修推廣學院韓語講師

金佳圓 著

한국어를 공부하는 학생 여러분 , 안녕하세요 . 저는 한국어 선생님 김가원입니다 . 《Hahaha Korean 韓語發音真簡單》 출판에 이어 《Hahaha Korean 韓語單字•會話真簡單》 으로 다시 여러분과 만나게 되어 너무 기쁩니다 . 여러분은 이 책을 통해 보다 쉽게 한국어 초급 필수 단어와 회화를 익혀 바로 한국인과 소통할 수 있을 것입니다 . 저는 한국어 학습에 꼭 필요한 "필수 단어" , "실용회화" 를 비롯해 "기초 핵심 문법" 을 이 한 권에 농축하여 편찬했습니다 . 탄탄하게 한국어 기초를 닦고 싶은 학생들에게 《Hahaha Korean 韓語單字•會話真簡單》 을 적극 추천합니다 .

이 책이 나오기까지 많은 분들이 함께 애써 주시고 격려해 주셨습니다 . 그동안 많은 도움을 주신 서란출판사 (瑞蘭出版社) 의 왕원기 사장님과 담당자 치정 씨 , 편집 디자이너 유여설 씨 , 그리고 서란출판사의 모든 직원 여러분께 깊은 감사의 인사를 드립니다 . 그리고 발음책을 비롯하여 이 책의 삽화를 맡아 성심껏 그려준 제 친구 이현미 작가와 표지에 있는 한국의 국화 , 무궁화를 아름답게 그려주신 Jaya Kang 작가님 , 너무 고맙습니다 . 바쁘신 와중에도 녹음에 참여해 주신 김이배 선배님께도 깊이 감사 드립니다 . 그리고 제 힘의 원천이 되어 주는 한국의 가족들과 친구들에게 고마운 마음을 전합니다 . 무엇보다 저에게 무한한 응원 보내주며 대만에서의 삶을 더 값지게 해 주는 대만 친구들 , 국립대만사범대 화어문 대학원 교수님들 , 선후배님들 , 국립대만사범대 평생교육원 선생님들과 직원들 , 그리고 사랑하는 우리 학생 여러분 , 감사하고 사랑합니다 .

各位學韓語的學生們，你們好！我是韓語老師金佳圓。自 2016 年出版了《Hahaha Korean 韓語發音真簡單》之後，很高興透過《Hahaha Korean 韓語單字•會話真簡單》與各位再次相見。各位可以透過《Hahaha Korean 韓語單字•會話真簡單》學習韓語初級必學單字和會話，馬上就能和韓國人溝通。我將學習初級韓語時一定要認識的「必學單字」、「實用會話」以及「基礎核心文法」全部濃縮在本書中。我強烈推薦這本《Hahaha Korean 韓語單字•

會話真簡單》給想要將韓語學得更扎實、基礎打得更穩固的學生們。

　　這本書製作、出版的過程中，辛苦了一同參與的人，有各位的用心及互相鼓勵，才能讓這本書誕生。這段期間，給予我許多幫助的瑞蘭出版社社長王愿琦、責任編輯潘治婷小姐、美術編輯劉麗雪小姐，以及所有的瑞蘭出版社工作人員們，在此誠摯地向你們獻上感謝！此外，要非常感謝誠心誠意幫我繪製本書插圖的插畫家，我的好朋友李賢美，很感謝妳！再來，感謝為我繪製封面上美麗的韓國國花──無窮花的 Jaya Kang 畫家。另外，謝謝百忙之中來協助錄音的金利培學長，感謝您！更要謝謝我力量的來源，我在韓國的親友們。最後要特別感謝給我無限支持的台灣朋友們、國立臺灣師範大學華語文教學系的各位師長、前輩與後進，還有進修推廣學院的老師們和工作人員們，因為你們讓我在台灣的生活更有價值！當然還有我親愛的學生們，謝謝你們大家，我愛你們！

跟著《Hahaha Korean 韓語單字 · 會話真簡單》就能輕鬆學會韓語初級單字、會話！讓我們一起來看看本書的使用方法吧！

本書共分為 3 大部分，分別是 Part 1「韓語基礎文法」、Part 2「韓語單字 · 會話輕鬆學」、Part 3「韓語單字 · 會話真簡單」，讓您厚植單字實力，同時打下會話基礎。

Part 1

**Ha！
掌握「韓語
基礎文法」**

開始學習單字及會話之前，本單元先帶領您了解韓語的基礎文法，先認識「韓語的 5 大詞類」，接著學習「韓語的說法」，最後再掌握「韓語的 3 大特色」。學習基礎文法就是這麼簡單！

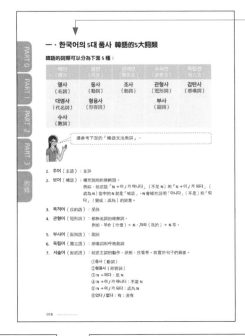

韓語的 5 大詞類

學習韓語「體言」、「用言」、「關係言」、「修飾言」及「獨立言」等單字類型，展開了解韓語的第一步。

韓語的說法

辨別「格式體」與「非格式體」使用差異，學習最正確的韓語。

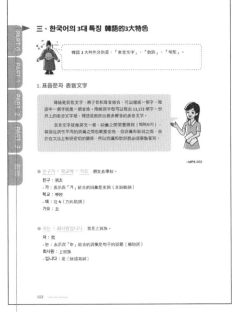

韓語的 3 大特色

透過特色中的「表音文字」、「助詞」、「句型」，認識韓語語句的組成結構。

Part 2 Haha！韓語單字 · 會話輕鬆學

認識韓語基礎文法後，先從課堂上與生活中最常接觸的會話內容開始學習。本單元分為「上課用語」及「生活用語」2大會話主題。學習單字、開口說話，就是這麼輕鬆！

上課用語
學習上課常用會話語句，在課堂上與老師達到良好的互動。

「非格式體」與「格式體」
學會「格式體」與「非格式體」的表現方法，一開口就能和韓國人說出道地韓語。

「現在時態」及「過去時態」
了解「現在時態」及「過去時態」使用時機，適時適地說出完美的會話。

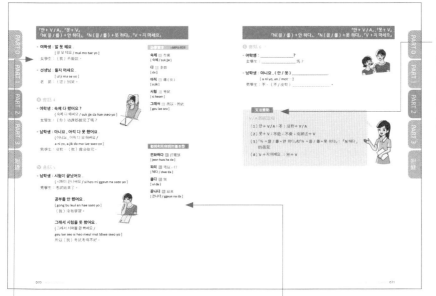

文法重點
精心整理會話中的文法重點，讓學習者奠定基礎文法概念。

生活用語
學習最貼近生活的常用句，隨時隨地都能和韓國人打開話匣子。

必學單字
從會話內容挑選出必學單字，先學習會話邊增加字彙量。

韓語單字·會話真簡單　005

Hahaha！韓語單字 · 會話真簡單

學習這麼多單字及會話還覺得不夠嗎？本單元整理了 25 個組分類單字，讓您在「單字輕鬆學」先認識主題單字，接著從「會話開口説」中依單字主題學習相關會話內容。學習單字、開口説話，就是這麼簡單！

單字輕鬆學
25 項單字分門別類整理，全方位學習初級韓語詞彙。

單字彙整
將必學語彙依類型整理在一起，一次掌握相關單字。

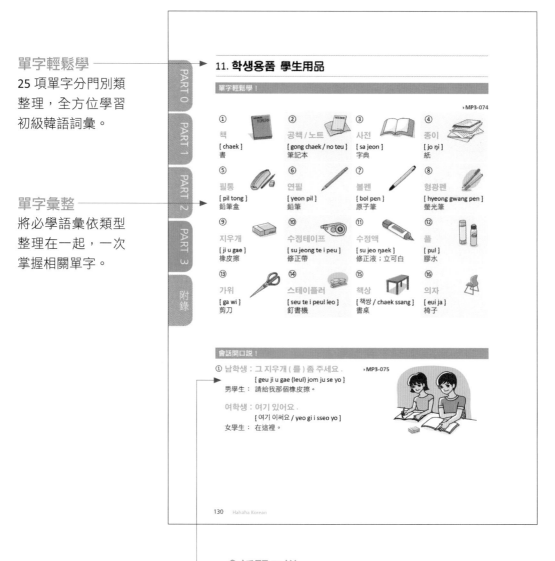

會話開口説
活用所學單字，輕鬆開口練習情境話會話。

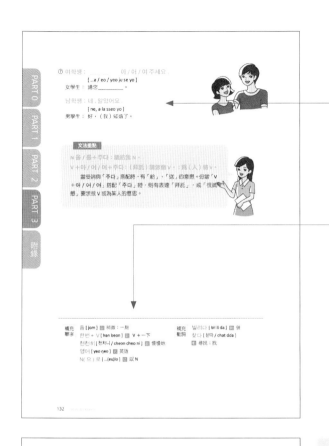

練習題
試著將學習過的會話及單字套用於練習題中，加深學習印象。

補充單字
加強補充學習會話中出現的單字。

練習題解答
彙整全書練習題解答，邊學習邊複習，成效加倍！

目錄
CONTENTS

한국어 단어와 회화 활용하기
韓語單字 · 會話輕鬆學

Part 3

한국어 단어와 회화
韓語單字 · 會話真簡單

一、발음표 發音表

　　朝鮮第四代國王世宗大王為了百姓，以愛民精神，於 1443 年創制了 28 個韓文字。韓文字母創造的原理是「三才：天、地、人」、「太極」、「陰陽五行」以及「5大發音器官的象形」等。

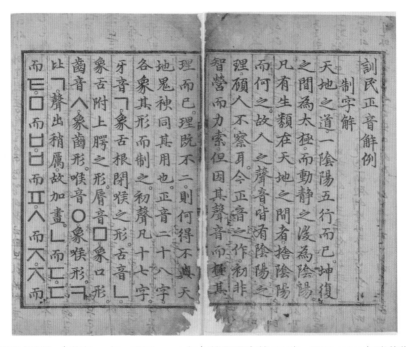

《訓民正音解例》（世宗 28 年，西元 1446 年）韓國國寶第 70 號，西元 1997 年登錄為世界遺產
資料來源：澗松美術文化財團

二、한글 자모표 韓文字母表

韓文字母表：母音

單母音 10 個	複合母音 11 個
ㅏ [a] ㄚ	ㅑ [ya] ㄧㄚ
ㅓ [eo] ㄛ（嘴唇不動，下巴下來）	ㅕ [yeo] ㄧㄛ
ㅗ [o] ㄛ（圓唇）	ㅛ [yo] ㄧㄛ（圓唇）
ㅜ [u] ㄨ	ㅠ [yu] ㄧㄨ
ㅡ [eu] ㄜ（嘴唇左右拉開）	ㅢ [eui] ㄜㄧ
ㅣ [i] ㄧ	ㅒ [yae] ㄧㄝ（嘴大）
ㅐ [ae] ㄝ（嘴大）	ㅖ [ye] ㄧㄝ（嘴小）
ㅔ [e] ㄝ（嘴小）	ㅘ [wa] ㄨㄚ
ㅚ *[ö / we] ㄨㄝ	ㅝ [wo] ㄨㄛ
ㅟ *[ü / wi] ㄨㄧ	ㅙ [wae] ㄨㄝ（嘴大）
	ㅞ [we] ㄨㄝ（嘴小）

韓文字母表：子音

자음 子音	자음 발음 子音發音	자음 이름 子音名稱
ㄱ	[g, k] ㄍ、ㄎ	기역 [기역 / gi yeok]
ㄴ	[n] ㄋ	니은 [니은 / ni eun]
ㄷ	[d, t] ㄉ、ㄊ	디귿 [디귿 / di geut]
ㄹ	[l] ㄌ	리을 [리을 / li eul]
ㅁ	[m] ㄇ	미음 [미음 / mi eum]
ㅂ	[b, p] ㄅ、ㄆ	비읍 [비읍 / bi eup]
ㅅ	[s] ㄙ	시옷 [시옫 / si ot]
ㅇ	[ø, ng] ㄥ	이응 [이응 / i eung]
ㅈ	[j] * ㄐ	지읒 [지읃 / ji eut]
ㅊ	[ch] ㄘ	치읓 [치읃 / chi eut]
ㅋ	[k] ㄎ	키읔 [키윽 / ki euk]
ㅌ	[t] ㄊ	티읕 [티읃 / ti eut]
ㅍ	[p] ㄆ	피읖 [피읍 / pi eup]
ㅎ	[h] ㄏ	히읗 [히읃 / hi eut]

* ㅈ：「ㄐ」開頭的音 [j]

韓文字母表：雙子音

▸MP3-001

쌍자음 雙子音	쌍자음 발음 雙子音發音	쌍자음 이름 雙子音名稱
ㄲ	[g' / gg] ㄍ	쌍기역 [ssang gi yeok]
ㄸ	[d' / dd] ㄉ	쌍디귿 [ssang di geut]
ㅃ	[b' / bb] ㄅ	쌍비읍 [ssang bi eup]
ㅆ	[s' / ss] ㄙ	쌍시옷 [ssang si ot]
ㅉ	[z' / jj] ㄗ	쌍지읒 [ssang ji eut]

想學更正確的韓語發音，請多多參考《Hahaha Korean 韓語發音真簡單》（瑞蘭國際出版）。

한국어 기초 문법
韓語基礎文法

一、한국어의 5대 품사 韓語的5大詞類

韓語的詞類可以分為下面 5 種：

체언 （體言）	용언 （用言）	관계언 （關係言）	수식언 （修飾言）	독립언 （獨立言）
명사 （名詞）	동사 （動詞）	조사 （助詞）	관형사 （冠形詞）	감탄사 （感嘆詞）
대명사 （代名詞）	형용사 （形容詞）		부사 （副詞）	
수사 （數詞）				

請參考下面的「韓語文法用詞」。

1. 주어（主語）：主詞

2. 보어（補語）：補充説明的修飾語。
例如，敍述語「N＋이 / 가 아니다」（不是 N）和「N＋이 / 가 되다」（成為 N）當中的 N 就是「補語」。N 會補充説明「아니다」（不是）和「되다」（變成；成為）的詞意。

3. 목적어（目的語）：受詞

4. 관형어（冠形詞）：修飾名詞的修飾詞。
例如，무슨（什麼）＋ N、저의（我的）＋ N 等。

5. 부사어（副詞語）：副詞

6. 독립어（獨立語）：感嘆詞和呼格助詞

7. 서술어（敍述語）：敍述「主詞」的動作、狀態、性質等。放置於句子的最後。

①동사（動詞）
②형용사（形容詞）
③ N ＋이다：是 N
④ N ＋이 / 가 아니다：不是 N
⑤ N ＋이 / 가 되다：成為 N
⑥있다 / 없다：有；沒有

8. 동사（動詞）：動詞

9. 형용사（形容詞）：形容詞

10. 조사（助詞）

①주격 조사（主格助詞）：S ＋이 / 가

②목적격 조사（目的格助詞）：O ＋을 / 를

③서술격 조사（敘述格助詞）：N ＋이다

④관형격 조사（冠形格助詞）：N ＋의

⑤부사격 조사（副詞格助詞）：時間＋에、場所＋에서

⑥호격 조사（呼格助詞）：名字（有收尾音）＋아、名字（沒有收尾音）＋야

歡迎各位在學完發音之後，更進一步學習韓語。因為認識更多單字和學會更多會話後，就可以和韓國朋友用韓語溝通；去韓國時可以問路、買東西。讓我們一起在「Hahaha Korean 韓語單字 ‧ 會話真簡單」中，學好初級韓語必學的單字和實用會話吧！

對韓語的基礎了解

學習一種語言，如果能對那個語言有一些基礎概念，也就是對「韓語說法和語言學方面的特色、以及韓語文法上的基本結構」有基本概念的話，一定會更好上手。以下整理了一些很簡單的韓語基礎概念，而這些基礎概念都是初級學習者必學的內容。

二、한국어의 표현 韓語的說法

　　韓語的說法，可以分為「格式體」和「非格式體」。「格式體」大多用在正式的場合、或是對需要客氣對待的對象使用；「非格式體」則大多用在非正式場合，聽起來較有親密感，也是比較柔和的表現。

　　我們會常聽到韓國人說「안녕하십니까」（您好）、「감사합니다」（謝謝）等，這就是「格式體」的表現。我們又常聽到「사랑해요」（我愛你）、「고마워요」（謝謝）等，這就是「非格式體」的表現。

　　「格式體」及「非格式體」可以利用語尾來分辨。韓語當中有很多不同的語尾助詞。建議先學幾個常用到的語尾助詞。

請參考下列「格式體」和「非格式體」的語尾助詞表格：

格式體的語尾助詞		非格式體的語尾助詞	
疑問句	陳述句	疑問句	陳述句
V / A ＋ㅂ / 습니까？	V / A ＋ㅂ / 습니다．	V / A ＋아 / 어 / 여요？	V / A ＋아 / 어 / 여요．

연습문제
練習題

請試著將下列的句子分類為「格式體」和「非格式體」，並填入下面的格子裡。

사랑합니다 . 我愛你。
괜찮아요 ? 沒關係嗎；可以嗎？
고맙습니다 . 謝謝。
맛있어요 . 好吃。
알아요 . 知道。
알겠습니까 ? 知道了嗎；明白嗎？
알겠습니다 . 知道了；明白了。
좋아요 . 好。

「格式體」	「非格式體」

사랑합니다 ! 사랑해요 !

고맙습니다 ! 고마워요 !

三、한국어의 3대 특징　韓語的3大特色

韓語 3 大特色分別是：「表音文字」、「助詞」、「句型」。

1. 표음문자　表音文字

　　韓語是表音文字，將子音和母音結合，可以組成一個字，韓語中一個字就是一個音節。用韓語字母可以寫出 11,172 個字。世界上的表音文字裡，韓語是能拼出最多聲音的表音文字。

　　表音文字就像英文一樣，詞彙之間需要隔寫（띄어쓰기），韓語在詞性不同的詞彙之間也需要空格，但詞彙和助詞之間，由於在文法上有很密切的關係，所以詞彙和助詞就必須要黏著寫。

▸MP3-002

● 친구가 ˅ 학교에 ˅ 가요.　朋友去學校。

친구：朋友

- 가：表示與「가」結合的詞彙是主詞（主詞助詞）

학교：學校

- 에：往 N（方向助詞）

가요：去

● 저는 ˅ 회사원입니다.　我是上班族。

저：我

- 는：表示與「는」結合的詞彙是句子的話題（補助詞）

회사원：上班族

- 입니다：是（敍述助詞）

「- 입니다」是把前面的名詞變成敘述語的敘述助詞（也就是中文的「是＋N」）。因為「- 입니다」在韓語裡是個「助詞」，所以和名詞黏著寫。

2. 조사　助詞

韓語的每個詞彙，幾乎都需要加上助詞。在口語上可省略的助詞為「主詞助詞」、「補助詞」和「受詞助詞」，除此之外的其他助詞則不可省略。各種助詞使用範例如下：

① 主詞助詞：「S ＋이 / 가」
例如：비빔밥<u>이</u>（拌飯）、친구<u>가</u>（朋友）

② 補助詞：「N ＋은 / 는」、「N ＋도」
例如：선생님<u>은</u>（老師）、저<u>는</u>（我）、선생님<u>도</u>（老師也）、저<u>도</u>（我也）

③ 受詞助詞：「O ＋을 / 를」
例如：빵<u>을</u>（麵包）、한국어<u>를</u>（韓語）

④ 語尾助詞：「V / A ＋아 / 어 / 여요」
例如：<u>가요</u>（去）、<u>먹어요</u>（吃）、<u>공부해요</u>（學校）

⑤ 時間助詞：「N ＋에」
例如：한 시<u>에</u>（一點的時候）、오전<u>에</u>（上午的時候）

⑥ 方向助詞：「N ＋에」
例如：학교<u>에</u>（往學校）、도서관<u>에</u>（往圖書館）

⑦ 地點助詞：「N ＋에서」
例如：학교<u>에서</u>（在學校～）、도서관<u>에서</u>（在圖書館～）

韓語的助詞都在詞彙的後面。加助詞的方法可以分為 3 種。

▸MP3-002

（1）依詞彙的「母音」來區別，例如「V / A ＋아 / 어 / 여요 .」。添加語尾助詞「- 아 / 어 / 여 ~」的方法，請參考 043 ～ 044 頁。

（2）依詞彙「有無收尾音」來區別，例如「S ＋이 / 가」、「N ＋은 / 는」、「O ＋을 / 를」。

① 主詞助詞「- 이 / 가」後面通常有動詞或形容詞。主詞助詞的前一個字若有收尾音要加「이」；沒有收尾音則要加「가」。例如：「S 이 / 가＋ V / A.」。

· 비빔밥이 너무 맛있어요 . 拌飯非常好吃。

· 친구가 학교에 가요 . 朋友去學校。

② 補助詞「- 은 / 는」後面通常會有敍述助詞「- 이다 (- 입니다)」。補助詞的前一個字若有收尾音要加「은」；沒有收尾音則要加「는」。例如：「S 은 / 는＋ N 이다 . (N ＋입니다 / 이에요 / 예요 .) 」。

· 선생님은 한국 사람이에요 . 老師是韓國人。

· 저는 회사원입니다 . 我是上班族。

③ 受詞助詞「- 을 / 를」的前一個字若有收尾音要加「을」；沒有收尾音則要加「를」。例如：「S 이 / 가＋ O 을 / 를＋ V.」。

· 남동생이 빵을 먹어요 . 弟弟吃麵包。

· 오빠가 한국어를 (열심히) 공부해요 . 哥哥 (努力地) 學韓語。

（3）固定的助詞（不區分母音的區別或有無收尾音）。

例如：「 N ＋에 / N ＋에서 」。

· 선생님이 한국에 가요 . 老師去韓國。

· 친구가 학교에서 공부해요 . 朋友在學校學習。

3. 문형 句型

韓語句型和中文句型有很大的不同。可以先將韓語句型簡單分成下面 3 種。

在認識句型之前，先來了解一下句型中常用的代表詞。

S（Subject）：主詞
O（Object）：受詞
V（Verb）：動詞
A（Adjective）：形容詞
Adv.（Adverb）：副詞

（1）S ＋（Adv.）＋ V／A　主詞＋（副詞）＋動詞／形容詞

● 친구가 웃어요. [chin gu ga u seo yo]

　　朋友　　在笑。

● 비빔밥이 너무 맛있어요.[bi bim bba bi neo mu ma si sseo yo]

　　拌飯　　很　　好吃。

（2）S ＋ O ＋（Adv.）＋ V.　主詞＋受詞＋（副詞）＋動詞

● 남동생이 빵을 먹어요. [nam dong sae ŋi bba ŋeul meo geo yo]

　　弟弟　　在吃　　麵包。

● 제가 한국어를 (열심히) 공부해요.[je ga han gu geo leul (yeol ssi mi) gong bu hae yo]

　　我　（努力地）　學習　韓語。

（3）S + N 이다 主詞＋名詞＋이다

● 선생님은 한국 사람이에요 . [seon saeng ni meun han guk ssa la mi e yo]

　　老師　是　韓國人。

● 저는 회사원입니다 . [jeo neun hwe sa wo nim ni da]

　　我　是　上班族。

> 韓語句型有趣的地方是，對話的人之間已經知道的或已經提過的「主詞」、「助詞」、「副詞」、「受詞」等都可以省略，但是絕對不能省略「動詞」、「形容詞」、「N 이다」等的敘述語。

● A : 오빠가 한국어를 열심히 공부해요 ?

　　[o bba ga han gu geo leul yeol ssi mi gong bu hae yo]

　　哥哥努力地學韓語嗎 ？

B : 네 , (오빠가 한국어를) 열심히 공부해요 .

　　[ne, (o bba ga han gu geo leul) yeol ssi mi gong bu hae yo]

　　是 ，（哥哥）努力學（韓語）。

● A：선생님은 한국 사람이에요 ? [seon saeng ni meun han guk sa la mi e yo]

老師是韓國人嗎？

B：네 , (선생님은) 한국 사람이에요 . [ne, (seon saeng ni meun) han guk sa la mi e yo]

是，（老師）是韓國人。

● A：사랑해 . [sa lang hae]

我愛你。

B：누가 누구를 사랑해 ? [nu ga nu gu leul sa lang hae]

誰愛誰？

● A：내가 오빠를 사랑해 . [nae ga o bba leul sa lang hae]

我愛哥哥。

B：나도 (너를) 사랑해 . [na do (neo leul) sa lang hae]

我也愛你。

1. 請簡單地寫出「韓語的說法」和「韓語的特色」。

韓語的說法，簡單分成 2 種。就是：

韓語的 3 大特色，就是：

1.

2.

1.

2.

3.

2. 請選出適當的助詞填入練習題空格中。

	助詞	練習題
看「母音」的助詞	語尾助詞「- 아 / 어 / 여~」	* 請參考 043 ～ 044 頁。
看「收尾音」的助詞	主詞助詞「- 이 / 가」	불고기＿＿ 너무 맛있어요 . 烤肉很好吃。 비빔밥＿＿ 너무 맛있어요 . 拌飯很好吃。
	補助詞「- 은 / 는」	사장님＿＿ 한국 사람이에요 . 老闆是韓國人。 남자 친구＿＿ 회사원입니다 . 男朋友是上班族。
	受詞助詞「- 을 / 를」	여동생이 사과＿＿ 먹어요 . 妹妹在吃蘋果。 오빠가 한국어＿＿ (열심히) 공부해요 . 哥哥努力學韓文。
固定的助詞	時間助詞「- 에」 方向助詞「- 에」 地點助詞「- 에서」	저는 한 시＿＿ 점심을 먹어요 . 我一點的時候，吃午餐。 친구가 한국＿＿ 가요 . 朋友去韓國。 오빠가 도서관＿＿ 공부해요 . 哥哥在圖書館學習。

助詞

1、看「母音」
2、看「收尾音」
3、助詞

3. 請將下列詞組，排序成語順正確的句子。

1. 사랑해　내가 　　　　오빠를	
2. 선생님은　입니다 　　　　한국사람	
3. 제가　공부해요 　　한국어를　열심히	

句型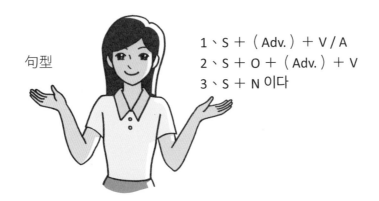

1、S＋（Adv.）＋V／A
2、S＋O＋（Adv.）＋V
3、S＋N 이다

4. 會話練習

① 학생 1 : 한국 음식 <u>무엇을</u> 좋아해요 ?

　　　　[한국 음식 무어슬 조아해요 / han guk eum sik mu eo seul jo a hae yo]

　學生 1 : （您）喜歡<u>哪些</u>韓國菜 ?

　學생 2 : 저는 _____을 / 를 좋아해요 .

　　　　[저는 … 을 / 를 조아해요 / jeo neun … eul / leul jo a hae yo]

　學生 2 : 我喜歡_____。

② 학생 1 : 한국 연예인 <u>누구를</u> 좋아해요 ?

　　　　[한국 여네인 누구를 조아해요 / han guk yeo ne in nu gu leul jo a hae yo]

　學生 1 : （您）喜歡<u>哪位</u>韓國藝人 ?

　학생 2 : 저는 _____을 / 를 좋아해요 .

　　　　[저는 … 을 / 를 조아해요 / jeo neun … eul / leul jo a hae yo]

　學生 2 : 我喜歡_____。

PART 0

PART 1

PART 2

PART 3

附錄

③ 학생 1 : 한국 배우 <u>누구</u>를 좋아해요 ?

　　　　 [한국 배우 누구를 조아해요 / han guk bae u nu gu leul jo a hae yo]

　學生 1 : （您）喜歡<u>哪個</u>韓國演員 ？

　學生 2 : 저는 _____을 / 를 좋아해요 .

　　　　 [저는 ⋯ 을 / 를 조아해요 / jeo neun ⋯ eul / leul jo a hae yo]

　學生 2 : 我喜歡_____。

④ 학생 1 : 한국 가수 <u>누구</u>를 좋아해요 ?

　　　　 [한국 가수 누구를 조아해요 / han guk gas u nu gu leul jo a hae yo]

　學生 1 : （您）喜歡<u>哪個</u>韓國歌手 ？

　學生 2 : 저는 _____을 / 를 좋아해요 .

　　　　 [저는 ⋯ 을 / 를 조아해요 / jeo neun ⋯ eul / leul jo a hae yo]

　學生 2 : 我喜歡_____。

⑤ 학생 1 : 한국 노래 <u>뭐</u> 좋아해요 ?

　　　　 [한국 노래 뭐 조아해요 / han guk no lae mwo jo a hae yo]

　學生 1 : （您）喜歡<u>哪首</u>韓國歌 ？

　學生 2 : 저는 _____을 / 를 좋아해요 .

　　　　 [저는 ⋯ 을 / 를 조아해요 / jeo neun ⋯ eul / leul jo a hae yo]

　學生 2 : 我喜歡_____。

⑥ 학생 1 : 요즘 한국 드라마 <u>뭐</u>를 봐요 ?

　　　　 [yo jeum han guk deu la ma mwo leul bwa yo]

　學生 1 : （您）最近看<u>哪部</u>韓劇 ？

　學生 2 : 저는 _____을 / 를 봐요 .

　　　　 [jeo neun ⋯ leul bwa yo]

　學生 2 : 我在看_____。

⑦ 학생 1 : 한국 <u>어디</u>에 가고 싶어요 ?

　　　　　[한국 어디에 가고 시퍼요 / han guk eo di e ga go si peo yo]

　學生 1 : （您）想去韓國<u>哪裡</u>？

　학생 2 : 저는_____에 가고 싶어요 .

　　　　　[저는 … 에 가고 시퍼요 / jeo neun … e ga go si peo yo]

　學生 2 : 我想去_____。

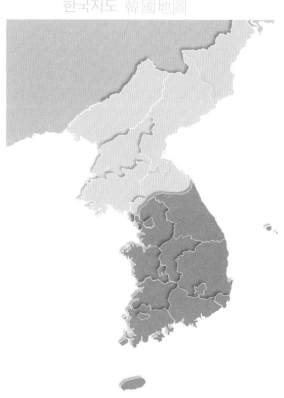

한국지도　韓國地圖

MEMO

Part
2

한국어 단어와 회화 활용하기
韓語單字・會話輕鬆説

V / A + (으) 세요

1. 수업시간 용어1　上課用語1：
非格式體 I 的「現在時態」（多使用在非正式的場合）

① 會話 1　　　　　　　　　　　　　　▶MP3-004

● **여러분 , 안녕하세요 .**
[yeo leo bun, an nyeong ha se yo]
大家好。

● **어서 오세요 .**
[eo seo o se yo]
歡迎光臨；請進。

● **앉으세요 .**
[안즈세요 / an jeu se yo]
請坐。

● **잠깐만 기다리세요 .**
[jam ggan man gi da li se yo]
請等一下。

● **책 보세요 .**
[chaek bo se yo]
請看書。

● **열심히 공부하세요 .**
[열씨미 공부하세요 / yeol ssi mi gong bu ha se yo]
請努力學習。

● **안녕히 계세요 .**
[안녕히 게세요 /　an nyeong hi ge se yo]
再見；請留步；保重。

● **안녕히 가세요 .**
[an nyeong hi ga se yo]
請慢走。

必學單字　　　▶MP3-005

여러분 名 大家；各位
[yeo leo bun]

어서 副 趕快
[eo seo]

책 名 書
[chaek]

잠깐만 名 暫時
[jam ggan man]

열심히 副 努力地
[열씨미 / yeol ssi mi]

안녕히 副 平安地
[an nyeong hi]

韓語動詞的基本型

안녕하다 形 平安
[an nyeong ha da]

오다 動 來
[o da]

앉다 動 坐
[안따 / an dda]

기다리다 動 等待
[gi da li da]

보다 動 看
[bo da]

공부하다 動 學習
[gong bu ha da]

계시다 動 在
[게시다 / ge si da]

가다 動 去
[ga da]

② 會話 2　　　　　　　　　　　　　 ▸MP3-006

必學單字　　▸MP3-007

잘 副 好好地
[jal]

다시 副 再
[da si]

韓語動詞的基本型

들어보다 動 聽看看
[드러보다 / deu leo bo da]

따라하다 動 跟著做
[dda la ha da]

말씀하다 動 (長輩) 說話
[mal sseum ha da]

대답하다 動 回答
[대다파다 / dae da pa da]

읽다 動 讀
[익따 / ik dda]

쓰다 動 寫
[sseu da]

적다 動 寫
[적따 / jeok dda]

질문하다 動 提問
[jil mun ha da]

물어보다 動 問；打聽
[무러보다 / mu leo bo da]

① 聽

● **잘 들어보세요 .**
[잘 드러보세요 / jal deu leo bo se yo]
請仔細聽一下。

● **다시 들어보세요 .**
[다시 드러보세요 / da si deu leo bo se yo]
請再聽一下。

② 說

● **따라하세요 .**
[dda la ha se yo]
請跟著我說。

● **말씀하세요 .**
[mal sseum ha se yo]
請說。

● **대답하세요 .**
[dae da pa se yo]
請回答。

③ 讀

● **읽으세요 .**
[일그세요 / il geu se yo]
請朗讀。

PART 0 PART 1 PART 2 PART 3 附錄

V / A + (으) 세요

④ 寫

● 쓰세요 .

[sseu se yo]

請寫一下。

● 적으세요 .

[저그세요 / jeo geu se yo]

請記一下。

⑤ 問

● 질문하세요 .

[jil mun ha se yo]

請提問。

● 물어보세요 .

[mu leo bo se yo]

請提問看看。

文法重點

非格式體 I：「V / A + (으) 세요」的用法

（1）V / A ＋으세요：語幹的最後一個字有收尾音

（2）V / A ＋세요：語幹的最後一個字無收尾音

연습문제
練習題：非格式體 I 的「現在時態」

1. 請參考下列表格中的基本型，寫出正確的語幹、語尾及現在時態。

非格式體「V／A＋(으)세요?(.)」，可以表達「現在」、「現在進行」、「未來」、「習慣性的動作」等情況。

基本型	語幹	語尾	現在時態
오다 來	오	세요	오세요
앉다 坐	앉	으세요	앉으세요
가다 去			
보다 看			
읽다 朗讀；讀			
주다 給			
기다리다 等待			
쉬다 休息			
책 펴다 翻開（書）			
책 덮다 闔上（書）			
공부하다 學習			
준비하다 準備			
시작하다 開始			
연습하디 練習			
복습하다 複習			
숙제하다 做功課			
메모하다 寫便條			
체크하다 打勾；確認			
확인하다 確認			
말씀하다 （長輩）說話			
일하다 做工作			

2. 請替換詞彙，試著練習下列「疑問」、「陳述」、「命令」3 種句型。

S（要恭敬的對象）＋ V / A ＋ (으) 세요 ?(.)

---

① 「疑問」

남자 : 선생님은 지금 _____ ?
　　　[선생니믄 지금 … /
　　　seon saeng ni meun ji geum …]

男生 : 老師現在_____嗎 ?

여자 : 네 , 선생님은 지금 _____.
　　　[네 , 선생니믄 지금 … /
　　　seon saeng ni meun ji geum …]

女生 : 老師現在_____。

② 「陳述」

남자 : 사장님은 주말에 뭐 하세요 ?
　　　[사장니믄 주마레 뭐 하세요 /
　　　sa jang ni meun ju ma le mwo ha se yo]

男生 : 老闆週末在做什麼 ?

여자 : 사장님은 주말에 _____.
　　　[사장니믄 주마레 … / sa jang ni meun ju ma le …]

女生 : 老闆週末_____。

③ 「命令」

직원 : 어서 오세요 .
　　　[eo seo o se yo]

職員 : 歡迎光臨。

손님 : _____ 주세요 .
　　　[… ju se yo]

客人 : 請給我_____。

2. 수업시간 용어2 上課用語2：
非格式體II的「現在時態」

① 會話 1

▸MP3-009

● 알아요？
[아라요 / a la yo]
知道嗎？

● 예 / 네, 알아요.
[ye / ne, a la yo]
是，知道。

● 아니요, 몰라요.
[a ni yo, mol la yo]
不，不知道。

② 會話 2

● 맞아요？
[마자요 / ma ja yo]
對嗎？

● 아니요, 틀려요.
[a ni yo, teul lyeo yo]
不，錯的。

③ 會話 3

● 좋아요？
[조아요 / jo a yo]
好嗎？

● 싫어요.
[시러요 / si leo yo]
不喜歡；討厭。

必學單字　▸MP3-010

예 / 네 國 是；好
[ye / ne]

아니요 國 不
[a ni yo]

動詞和形容詞的基本型

알다 動 知道
[al da]

모르다 動 不知道
[mo leu da]
（몰라요）（請參考 196 頁）

맞다 動 對
[맏따 / mat dda]

틀리다 動 錯
[teul li da]

좋다 形 好；喜歡
[조타 / jo ta]

싫다 形 不喜歡；討厭
[실타 / sil ta]

잘하다 動 做得好
[jal ha da]

못하다 動 做得不好；不會
[모타다 / mo ta da]

V／A ＋아요／어요／여요

- **잘해요 .**
  [jal hae yo]
  很會。

- **못해요 .**
  [모태요 / mo tae yo]
  不會。

文法重點

非格式體 II：「V／A ＋아요／어요／여요」的用法

（1）V／A ＋아요：語幹最後一個字的母音為「ㅏ」或「ㅗ」

（2）V／A ＋어요：語幹最後一個字的母音不是「ㅏ」或「ㅗ」

（3）V／A ＋여요：語幹最後一個字為「하」時，要縮寫成「- 해요」

연습문제
練習題：非格式體 II 的「現在時態」

1. 請參考下列表格中的基本型，寫出正確的語幹、語尾、簡單化及現在時態。

非格式體「V / A ＋아요 / 어요 / 여요 ?(.)」，可以表達「現在」、「現在進行」、「未來」、「習慣性的動作」等情況。

❶ V / A ＋아요

V / A 的語幹最後一個字的母音為「ㅏ」或「ㅗ」時，語幹後面要加「- 아요」。

基本型	語幹	語尾	簡單化（省略或縮寫）	現在時態
알다 知道	알	아요	-	알아요
맞다 對			-	
좋다 好；喜歡			-	
가다 去	가	아요	가요	가요
오다 來				
보다 看				

當要加上語尾助詞「V / A ＋아요 / 어요 / 여요」時，如果韓語的最後一個字是無收尾音，可以把重複的母音省略或縮寫成二重母音。

例）가아요 → 가요
　　기다리어요 → 기다려요
　　잘하여요 → 잘해요

❷ V／A ＋어요

V／A 的語幹最後一個字的母音不是「ㅏ」或「ㅗ」時，語幹後面要加「- 어요」。

基本型	語幹	語尾	簡單化 （省略或縮寫）	現在時態
읽다 讀	읽	어요	-	읽어요
싫다 不喜歡；討厭			-	
웃다 笑			-	
먹다 吃			-	
맛있다 好吃			-	
기다리다 等待	기다리	어요	기다려요	기다려요
틀리다 錯				
마시다 喝				

❸ V／A ＋여요

V／A 的語幹最後一個字為「하」時，語幹後面要加「- 여요」。

基本型	語幹	語尾	簡單化 （省略或縮寫）	現在時態
잘하다 做得好	잘하	여요	잘해요	잘해요
못하다 做得不好				
공부하다 學習				
말하다 說				
일하다 工作				
사랑하다 愛				

2. 請替換詞彙，試著口說練習下列「疑問」、「陳述」、「命令」、「提議」 4 種句型。S（沒有限制）＋ V / A ＋아요 / 어요 / 여요 ?(.)

❶「疑問」、「陳述」

● **남학생 : 지금 뭐 해요 ?**

      [ji geum mwo hae yo]

男學生：（你）現在在做什麼？

● **여학생 : 저는 지금 _____ .**

      [jeo neun ji geum …]

女學生：我現在_____。

❷「命令」

● **여자 : 빨리 _____ .**

      [bbal li …]

女生：趕快_____。

● **남자 : 잠깐만 기다려요 .**

      [jam ggan man gi da lyeo yo]

男生：請稍等。

● **안녕 !**

[an nyeong]

你好；再見！

● **잘 가 !**

[jal ga]

慢走！

補充單字 ▶MP3-011

남학생 名 男學生
[남학쌩 / nam hak ssaeng]

여학생 名 女學生
[여학쌩 / yeo hak ssaeng]

빨리 副 趕快
[bbal li]

저 代 我
[jeo]

친구 名 朋友
[chin gu]

우리 名 我們
[u li]

같이 副 一起
[가치 / ga chi]

❸ 「提議」

● 친구 1 : 우리 같이 ＿＿＿＿＿＿＿.
  [우리 가치 … / u li ga chi …]
  朋友 1 : 我們一起＿＿＿＿＿吧。

● 친구 2 : 좋아요 .
  [조아요 / jo a yo]
  朋友 2 : 好。

文法重點

　　「V / A ＋아요 / 어요 / 여요」裡，把「- 요」去掉的話，就會變成「반말」（半語）。所謂的「半語」，指的是長輩對晚輩、或平輩之間說的話。

· 지금 공부해 ? 現在讀書 ？

· 빨리 와 . 快點來。

· 기다려 . 等一下。

· 같이 가 . 一起去。

3. 수업시간 용어3
上課用語3：非格式體 III 的「過去時態」

① 會話 1 ▶MP3-012

- 선생님 : 알았어요 ?

   [아라써요 / a la sseo yo]

   老　師：（你）知道了嗎？

- 남학생 : 네 , 이제 알아들었어요 .

   [네 , 이제 아라드러써요 / ne, i je a la deu leo sseo yo]

   男學生：是，（我）現在聽懂了。

② 會話 2

- 여학생 : 어떻게 알았어요 ?

   [어떠케 아라써요 / eo ddeo ke a la sseo yo]

   女學生：（你）怎麼知道了？

- 남학생 : 들었어요 .

   [드러써요 / deu leo sseo yo]

   男學生：（我）聽到了。

- 여학생 : 그래요 ? 저는 몰랐어요 .

   [geu lae yo / 저는 몰라써요 / jeo neun mol la sseo yo]

   女學生：是嗎？我（當時）不知道了。

③ 會話 3

- 선생님 : 준비됐어요 ?

   [준비돼써요 / jun bi dwae sseo yo]

   老　師：（你）準備好了嗎？

- 여학생 : 네 , 준비됐어요 .

   [네 , 준비돼써요 / ne, jun bi dwae sseo yo]

   女學生：是，（我）準備好了。

必學單字 ▶MP3-013

이제 名 副 現在；從此
[i je]

어떻게 副 怎麼
[어떠케 / eo ddeo ke]

그래요 ? 是嗎？
[geu lae yo]

그래요 . 是啊；好啊
[geu lae yo]

수업 名 課程
[su eop]

내일 名 副 明天
[nae il]

動詞和形容詞的基本型

알다 動 知道
[al da]

알아듣다 動 聽懂
[아라듣따 / a la deut dda]
（ 알 아 듣 + 었 어 요 →
알아들었어요 ）（ 請參考
190 頁 ）

듣다 動 聽
[듣따 / deut dda]
（ 듣＋었어요 → 들었어요 ）
（ 請參考 190 頁 ）

모르다 動 不知道
[mo leu da]
（ 모르＋ 았어요→몰랐어요 ）
（ 請參考 196 頁 ）

준비되다 動 準備好
[준비뒈다 /
jun bi dwe da]

V / A +았어요 / 었어요 / 였어요

④ 會話 4

● 선생님 : 잘했어요 .

　　　　[잘해써요 / jal hae sseo yo]

老　師 :（你）做得好。

● 여학생 : 감사합니다 .

　　　　[감사함니다 / gam sa ham ni da]

女學生 : 謝謝。

⑤ 會話 5

● 남학생 : 수업 끝났어요 .

　　　　[수업 끈나써요 / su eop ggeun na sseo yo]

男學生 : 下課了。

　　　　내일 만나요 .

　　　　[nae il man na yo]

　　　　明天見。

● 여학생 : 그래요 . 내일 만나요 .

　　　　[geu lae yo / nae il man na yo]

女學生 : 好。明天見。

動詞和形容詞的基本型
▸MP3-013

잘하다 動 做得好
[jal ha da]

감사하다 動 謝謝
[gam sa ha da]

끝나다 動 結束
[끈나다 / ggeun na da]

수업 (이) 끝나다 動 下課
[수어비 끈나다 /
 su eo bi ggeun na da]

文法重點

非格式體 Ⅲ：「V / A +았어요 / 었어요 / 였어요」的用法

（1）V / A +았어요：語幹最後一個字的母音為「ㅏ」或「ㅗ」

（2）V / A +었어요：語幹最後一個字的母音不是「ㅏ」或「ㅗ」

（3）V / A +였어요：語幹最後一個字為「하」，縮寫成「- 했어요」

연습문제
練習題：非格式體 III 的「過去時態」

1. 請參考下列表格中的基本型，寫出正確的語幹、語尾、簡單化及過去時態。

非格式體「V／A＋았어요／었어요／였어요 ?(.)」，可以表達「過去」、「過去經驗」等情況。

❶ V／A＋았어요

語幹最後一個字的母音為「ㅏ」或「ㅗ」時，語幹後面加上「- 았어요」。

基本型	語幹	語尾	簡單化 （省略或縮寫）	現在時態
알다 知道	알	았어요	-	알았어요
맞다 對			-	
좋다 好；喜歡			-	
가다 去	가	았어요	갔어요	갔어요
오다 來				
보다 看				

當要加上語尾助詞「V／A＋았어요／었어요／였어요」時，如果韓語的最後一個字是無收尾音，可以把重複的母音省略或縮寫成二重母音。

例）가았어요 → 갔어요

기다리었어요 → 기다렸어요

잘하였어요 → 잘했어요

❷ V / A ＋ 었어요

語幹最後一個字的母音不是「ㅏ」或「ㅗ」的母音時，語幹後面加上「- 었어요」。

基本型	語幹	語尾	簡化 （省略或縮寫）	現在時態
읽다 讀	읽	었어요	-	읽어요
싫다 不喜歡；討厭			-	
웃다 笑			-	
먹다 吃			-	
맛있다 好吃			-	
기다리다 等待	기다리	었어요	기다렸어요	기다렸어요
틀리다 錯				
마시다 喝				

❸ V / A ＋ 였어요

語幹最後一個字為「하」時，語幹後面加上「- 였어요」。

基本型	語幹	語尾	簡化 （省略或縮寫）	現在時態
잘하다 做得好	잘하	였어요	잘했어요	잘했어요
못하다 做得不好				
공부하다 學習				
말하다 說				
일하다 工作				
사랑하다 愛				

2. 請替換詞彙，試著練習下列「疑問」、「陳述」2 種句型。
　　S（沒有限制）＋ V / A ＋았어요 / 었어요 / 하였어요 ?(.)

---

① 「疑問」、「陳述」

必學單字　▶MP3-014

● **남학생 : 어느 나라에서 왔어요 ?**
　　　　　[어느 나라에서 와써요 ? / eo neu na la e seo wa sseo yo]
　　男學生 :（你）從哪個國家來？

어느 冠 哪個
[eo neu]

● **여학생 : _____에서 왔어요 .**
　　　　　[…에서 와써요 ? / … e seo wa sseo yo]
　　女學生 :（我）從_____來。

나라 名 國家
[na la]

N 에서 助 從 N
[… e seo]

② 「疑問」、「陳述」

어제 名 副 昨天
[eo je]

● **남학생 : 어제 뭐 했어요 ?**
　　　　　[어제 뭐 해써요 ? / eo je mwo hae sseo yo]
　　男學生 :（你）昨天做了什麼？

● **여학생 : _____ .**
　　女學生 : _____ 。

4. 수업시간 용어4 上課用語4 : 格式體 I 的「現在時態」（多使用在正式的場合）

① 會話 1

▶MP3-015

- **안녕하십니까 ?**
  [안녕하심니까 / an nyeong ha sim ni gga]
  您好嗎 ?

- **감사합니다 .**
  [감사함니다 / gam sa ham ni da]
  感謝。

- **고맙습니다 .**
  [고맙씀니다 / go map sseum ni da]
  謝謝。

② 會話 2

- **죄송합니다 .**
  [줴송함니다 / jwe song ham ni da]
  抱歉。

- **미안합니다 .**
  [미안함니다 / mi an ham ni da]
  對不起。

③ 會話 3

- **여러분 , 사랑합니다 .**
  [yeo leo bun, sa lang ham ni da]
  各位，我愛你們。

必學單字 ▶MP3-016

여러분 副 各位
[yeo leo bun]

무엇 副 什麼
[mu eot]

動詞和形容詞的基本型

안녕하시다 形 平安
[an nyeong ha si da]

감사하다 動 感謝
[gam sa ha da]

고맙다 形 謝謝
[고맙따 / go map dda]

죄송하다 形 抱歉
[줴송하다 / jwe song ha da]

미안하다 形 對不起
[mi an ha da]

④ 會話 4

● **여학생 : 지금 무엇을 합니까？**

[지금 무어슬 함니까 / ji geum mu eo seul ham ni gga]

女學生：現在做什麼？

● **남학생 : 저는 한국어를 공부합니다.**

[저는 한구거를 공부함니다 / jeo neun han gu geo leul gong bu ham ni da]

男學生：我在學韓語。

文法重點

格式體：「V / A＋ㅂ / 습니까？」、「V / A＋ㅂ / 습니다.」的用法

（1）V / A＋ㅂ니까？/ ㅂ니다.：語幹最後一個字**無收尾音**

（2）V / A＋습니까？/ 습니다.：語幹最後一個字**有收尾音**

연습문제
練習題：格式體 I 的「現在時態」

1. 請參考下列表格中的基本型，寫出正確的語幹、語尾、疑問句與陳述句。

格式體「V / A +ㅂ / 습니까?」和「V / A +ㅂ / 습니다.」，可以表達「現在」、「現在進行」、「未來」、「習慣性的動作」等情況。

❶ V / A ＋습니까？/ 습니다 . （語幹最後一個字**有收尾音**）

基本型	語幹	語尾	疑問句	陳述句
좋다 好；喜歡	좋	습니까？ 습니다 .	좋습니까？	좋습니다 .
고맙다 謝謝		습니까？ 습니다 .		
앉다 坐		습니까？ 습니다 .		
읽다 讀		습니까？ 습니다 .		
웃다 笑		습니까？ 습니다 .		
먹다 吃		습니까？ 습니다 .		
맛있다 好吃		습니까？ 습니다 .		

❷ V / A ＋ ㅂ니까 ? / ㅂ니다 . (語幹最後一個字**無收尾音**)

基本型	語幹	語尾	疑問句	陳述句
가다 去	가	ㅂ니까 ? ㅂ니다 .	갑니까 ?	갑니다 .
오다 來		ㅂ니까 ? ㅂ니다 .		
보다 看		ㅂ니까 ? ㅂ니다 .		
마시다 喝		ㅂ니까 ? ㅂ니다 .		
기다리다 等待		ㅂ니까 ? ㅂ니다 .		
감사하다 謝謝	감사하	ㅂ니까 ? ㅂ니다 .	감사합니까 ?	감사합니다 .
죄송하다 抱歉		ㅂ니까 ? ㅂ니다 .		
미안하다 對不起		ㅂ니까 ? ㅂ니다 .		
좋아하다 喜歡		ㅂ니까 ? ㅂ니다 .		
사랑하다 愛		ㅂ니까 ? ㅂ니다 .		
공부하다 學習		ㅂ니까 ? ㅂ니다 .		
일하다 做工作		ㅂ니까 ? ㅂ니다 .		

2. 請替換詞彙，試著練習以下「疑問」、「陳述」2 種句型。

　　 S（沒有限制）＋「V / A ＋ ㅂ / 습니까?」或「V / A ＋ ㅂ / 습니다 .」

---

❶「疑問」、「陳述」

- **여학생 : 지금 뭐 합니까 ?**

　　　[지금 뭐 합니까 / ji geum mwo ham ni gga]

　　女學生 :（你）現在做什麼 ?

- **남학생 : 저는 지금 _____ .**

　　　[jeo neun ji geum…]

　　男學生 : 我現在_____ 。

❷「疑問」、「陳述」

- **남학생 : 지금 무엇을 먹습니까 ?**

　　　[지금 무어슬 먹씀니까 / ji geum mu eo seul meok sseum ni gga]

　　男學生 :（你）現在吃什麼 ?

- **여학생 : 저는 지금 _____ .**

　　　[jeo neun ji geum…]

　　女學生 : 我現在_____ 。

文法重點

　　「非格式體」例如「V / A ＋ (으) 세요」和「V / A ＋아요 / 어요 / 여요」等，與「格式體」例如「V / A ＋ㅂ / 습니까 ?」、「V / A ＋ㅂ / 습니다 .」相比，聽起來感覺更溫柔，更有親密感。「格式體」表達較正式，聽起來也較客氣。

- 고마워요 . / 고맙습니다 . 謝謝。
- 미안해요 . / 미안합니다 . 對不起。
- 맛있어요 . / 맛있습니다 . 好吃。

5. 수업시간 용어5 上課用語5：
格式體Ⅱ的「過去時態」（多使用於正式的場合）

---

① 會話 1 ▶MP3-017

● 여자 : **어제 뭐 했습니까？**
　　[어제 뭐 햇씀니까 /
　　eo je mwo haet sseum ni gga]
　　女生：（你）昨天做了什麼？

● 남자 : **일했습니다 .**
　　[일핻씀니다 / il haet sseum ni da]
　　男生：（我）昨天工作了。

● 여자 : **수고하셨습니다 .**
　　[수고하셛씀니다 / su go ha syeot sseum ni da]
　　女生：辛苦了。

② 會話 2

● 여자 : **많이 먹었어요？**
　　[마니 머거써요 / ma ni meo geo sseo yo]
　　女生：（你）吃飽了嗎？

● 남자 : **네 , 잘 먹었습니다 .**
　　[네 , 잘 머거씀니다 / ne, jal meo geo sseum ni da]
　　男生：是，（我）吃飽了。

③ 會話 3

● 사장님 : **내일 일찍 오세요 .**
　　[nae il il jji go se yo]
　　老闆：（你）明天早點來。

● 회사원 : **네 , 알았습니다 .**
　　[네 , 아랃씀니다 / ne, a lat sseum ni da]
　　上班族：好，（我）知道了。

必學單字 ▶MP3-018

일 名 工作；1
[il]

많이 副 很多
[마니 / ma ni]

일찍 副 早
[il jjik]

숙제 名 功課
[숙쩨 / suk jje]

안 副 不
[an]

아！ 感 啊！
[a]

아까 副 剛才
[a gga]

우유 名 牛奶
[u yu]

動詞和形容詞的基本型

수고하시다 動 辛苦；操勞
[su go ha si da]

사다 動 買
[sa da]

V / A +았 / 었 / 였습니까 ? , V / A +았 / 었 / 였습니다 .

④ 會話 4

● 선생님 : 왜 숙제 안 했어요 ?

[왜 숙쩨 안 해써요 /

wae suk jje an hae sseo yo]

老　師：（你）為什麼沒有做功課？

● 남학생 : 아 , 몰랐습니다 .

[아 , 몰랃씀니다 / a, mol lat sseum ni da]

男學生：啊，（我）不知道。

⑤ 會話 5

● 여학생 : 아까 뭐 샀습니까 ?

[아까 뭐 삳씀니까 / a gga mwo sat sseum ni gga]

女學生：（你）剛才買了什麼？

● 남학생 : 우유를 샀습니다 .

[우유를 삳씀니다 / u yu leul sat sseum ni da]

男學生：（我）買了牛奶。

文法重點

格式體：「V / A +았 / 었 / 였습니까 ?」、「V / A +았 / 었 /
였습니다 .」的用法

（1）V / A +았습니까 ? / 았습니다 . ：語幹最後一個字的母音為
「ㅏ」或「ㅗ」

（2）V / A +었습니까 ? / 었습니다 . ：語幹最後一個字的母音不是
「ㅏ」或「ㅗ」

（3）V / A +였습니까 ? / 였습니다 . ：語幹最後一個字為「하」時，
要縮寫成「- 했습니까 ?」、「- 했습니다 .」

연습문제
練習題：格式體 Ⅱ 的「過去時態」

1. 請參考下列表格中的基本型，寫出正確的語幹、語尾及現在時態。

格式體「V / A ＋았 / 었 / 했습니까 ?」和「V / A ＋았 / 었 / 했습니다 .」，可以表達「過去」和「過去經驗」等情況。

❶ V / A ＋았습니까 ? / 았습니다 .

語幹最後一個字的母音為「ㅏ」或「ㅗ」時，語幹後面加上「‐았습니까 ? / 았습니다 .」。

基本型	語幹	語尾	簡單化 （省略或縮寫）	現在時態
좋다 好；喜歡	좋	았습니까 ? 았습니다 .	-	좋았습니까 ? 좋았습니다 .
앉다 坐		았습니까 ? 았습니다 .	-	
가다 去	가	았습니까 ? 았습니다 .	갔습니까 ? 갔습니다 .	갔습니까 ? 갔습니다 .
오다 來		았습니까 ? 았습니다 .		
보다 看		았습니까 ? 았습니다 .		

當要加上語尾助詞「V / A ＋았 / 었 / 였습니다」時，如果韓語的最後一個子是無收尾音，可以把重複的母音省略或縮寫成二重母音。

例) 가았습니다 → 갔습니다

마시었습니다 → 마셨습니다

좋아하였습니다 → 좋아했습니다

❷ V / A ＋었습니까？/ 었습니다.

語幹最後一個字的母音不是「ㅏ」或「ㅗ」時，語幹後面加上「- 었습니까？/ 었습니다.」。

基本型	語幹	語尾	簡單化 (省略或縮寫)	現在時態
읽다 讀	읽	었습니까？ 었습니다.	-	읽었습니까？ 읽었습니다.
웃다 笑		었습니까？ 었습니다.	-	
먹다 吃		었습니까？ 었습니다.	-	
맛있다 好吃		었습니까？ 었습니다.	-	
마시다 喝	마시	었습니까？ 었습니다.	마셨습니까？ 마셨습니다.	마셨습니까？ 마셨습니다.
기다리다 等待		었습니까？ 었습니다.		

❸ V / A ＋였습니까？/ 였습니다.

語幹最後一個字為「하」時，語幹後面加上「- 였습니까？/ 였습니다.」。

基本型	語幹	語尾	簡單化 (省略或縮寫)	現在時態
좋아하다 喜歡	좋아하	였습니까？ 였습니다.	좋아했습니까？ 좋아했습니다.	좋아했습니까？ 좋아했습니다.
사랑하다 愛		였습니까？ 였습니다.		
공부하다 學習		였습니까？ 였습니다.		
일하다 做工作		였습니까？ 였습니다.		
수고하시다 辛苦		였습니까？ 였습니다.		

2. 請替換詞彙，試著練習下列 2 種句型：「疑問」、「陳述」
「S（沒有限制）＋ V / A ＋ 았 / 었 / 였습니까？」或「V / A ＋ 았 / 었 / 였습니다．」

---

① 「疑問」、「陳述」

● 남자 : 오늘 뭐를 샀습니까 ?

　　　[오늘 뭐를 삳씀니까 / o neul mwo leul sat sseum ni gga]

　　男生：（你）今天買了什麼？

● 여자 : ＿＿＿＿＿＿을 / 를 샀습니다 .

　　　[…을 / 를 삳씀니다 / … eul / leul sat sseum ni da]

　　女生：（我）買了＿＿＿＿＿。

② 「疑問」、「陳述」

● 여자 : 어제 뭐 했습니까 ?

　　　[어제 뭐 핻씀니까 / eo je mwo haet sseum ni gga]

　　女生：（你）昨天做了什麼？

● 남자 : 저는 어제 ＿＿＿＿＿＿＿＿＿＿＿.

　　　[jeo neun eo je…]

　　男生：我昨天＿＿＿＿＿＿＿＿＿＿了。

1. 생활 회화1 生活會話1

❶ 인칭대명사 人稱代名詞

▸MP3-019

人稱代名詞

	單數	複數
第 1 人稱	나 我 저 我	우리 (들) 我們 저희 (들) 我們
第 2 人稱	너 你	너희 (들) 你們
	그대 您	그대들 你們
	당신 您	당신들 你們
第 3 人稱	그 他	그들 他們
	그녀 她	그녀들 她們；女生們
	그 사람 那個人 그 분 那位	그 사람들 那些人們 그 분들 那些人們

❷ 소유격 所有格

所有格

	單數	複數
第 1 人稱	나의 (내)~ 我的～ 저의 (제)~ 我的～	우리 (의)~ 我們的～ 저희 (의)~ 我們的～
第 2 人稱	너의 (네)~ 你的～	너희 (의)~ 你們的～
	그대의 ~ 您的～	그대들의 ~ 你們的～
	당신의 ~ 您的～	당신들의 ~ 你們的～
第 3 人稱	그의 ~ 他的～	그들의 ~ 他們的～
	그녀의 ~ 她的～	그녀들의 ~ 她們的～；女生們的～
	그 사람의 ~ 那個人的～ 그 분의 ~ 那位的～	그 사람들의 ~ 那些人們的～ 그 분들의 ~ 那些人們的～

❸ 지시대명사 指示代名詞

指示代名詞 1

單數	複數
이것 (이거) 這個東西	이것들 這些東西
저것 (저거) 那個東西	저것들 那些東西
그것 (그거) （提及過的）那個東西	그것들 （提及過的）那些東西

指示代名詞 2

어느 곳 那個地方	어디 哪裡
이곳 這個地方 ; 這裡	여기 這裡
저곳 那個地方 ; 那裡	저기 那裡
그곳 （提及過的）那個地方 ; 那裡	거기 （提及過的）那裡

❹ 의문사 疑問詞

疑問詞

누가 누구	誰
언제	何時
무슨 요일	星期幾
몇 시 [멷 씨]	幾點
몇 시간 [멷 씨간]	幾個小時
몇 [멷]	幾（個）
어디 어느＋名詞	哪裡 哪個＋名詞
무엇 (뭐) 무슨＋名詞	什麼 什麼＋名詞
어떻게 [어떠케] 어떤＋名詞	怎麼 怎麼樣的 ; 哪（種）＋名詞
왜	為何
얼마 (나)	多麼 ; 多長 ; 多少

① 會話 1

▸MP3-020

- **뭐？**
  [mwo]
  什麼？

- **누가？**
  [nu ga]
  誰呀？

- **언제？**
  [eon je]
  什麼時候？

- **그런데？**
  [geu leon de]
  不過呢？

- **그래서？**
  [geu lae seo]
  所以呢？

② 會話 2

- **어떻게 그래？**
  [어떠케 그래 / eo ddeo ke geu lae]
  怎麼可以那樣？

- **얼마나？**
  [eol ma na]
  多少啊？

- **왜？**
  [wae]
  為什麼？

- **아 , 미쳤어 ~!**
  [아 , 미쳐써 / a, mi chyeo sseo]
  啊，瘋了～！

2. 생활회화2 生活會話2

① 會話 1 ▸MP3-021

● 선생님 : 누구세요 ?
　　　　[nu gu se yo]
　老　師：是誰？

● 여학생 : 우리 오빠예요 .
　　　　[u li o bba ye yo]
　女學生：是我哥哥。

② 會話 2

● 여학생 : 이거 뭐예요 ?
　　　　[i geo mwo ye yo]
　女學生：這是什麼？

● 남학생 : 그거 생일 선물이에요 .
　　　　[그거 생일 선무리에요 / geu geo sae ŋil seon mu li e yo]
　男學生：那是生日禮物。

③ 會話 3

● 이거 무슨 의미예요 ?
[i geo mu seun eui mi ye yo]
這是什麼意思？

● 무슨 뜻이에요 ?
[무슨 뜨시에요 / mu seun ddeu si e yo]
是什麼意思？

必學單字 ▸MP3-022

누구 代 誰
[nu gu]

오빠 名 哥哥
[o bba]

이거 代 這個
[i geo]

그거 代 那個
[geu geo]

생일 名 生日
[sae ŋil]

선물 名 禮物
[seon mul]

무슨 冠 什麼＋N
[mu seun]

의미 名 意思
[eui mi]

뜻 名 意思
[뜯 / ddeut]

어디 代 哪裡
[eo di]

여기 代 這裡
[yeo gi]

서울 名 首爾
[seo ul]

N + (이) 세요 / 이에요 / 예요

④ 會話 4

● **남학생** : 지금 어디예요 ?

　　　[ji geum eo di ye yo]

　男學生 : （你）現在哪裡 ?

● **여학생** : 여기는 서울이에요 .

　　　[여기는 서우리에요 / yeo gi neun seo u li e yo]

　女學生 : 這裡是首爾。

⑤ 會話 5

● **여학생** : 그거 뭐예요 ?

　　　[geu geo mwo ye yo]

　女學生 : 那是什麼 ?

● **남학생** : 이거 _____ 예요 / 이에요 .

　　　[i geo … ye yo / i eo yo]

　男學生 : 這是_____。

文法重點

N ＋ (이) 세요 / 이에요 / 예요 ?(.) 是 N 嗎 ? （。）

（1）N ＋ (이) 세요 ?(.) : S（需要恭敬的對象）是 N 嗎 ? （。）

（2）N ＋이에요 / 예요 ?(.) : S（沒有對象的限制）是 N 嗎 ? （。）

3. 생활 회화3 生活會話3

① 會話 1

▶MP3-023

● **그 분은 사장님이 아니세요 .**
[그 부는 사장니미 아니세요 /
geu bu neun sa jang ni mi a ni se yo]
那位不是老闆。

② 會話 2

● **저 분은 우리 선생님이 아니세요 .**
[저 부는 우리 선생니미 아니세요 /
jeo bu neun u li seon saeng ni mi a ni se yo]
那位不是我（們）的老師。

③ 會話 3

● **선생님 : 남자 친구예요 ?**
[nam ja chin gu ye yo]
老　師：是男朋友嗎？

● **여학생 : 이 사람은 제 남자 친구가 아니에요 .**
[이 사라믄 제 남자 친구가 아니에요 /
i sa la meun je nam ja chin gu ga a ni e yo]
女學生：這個人不是我的男朋友。

④ 會話 4

● **남학생 : 저는 어린이가 아니에요 .**
[저는 어리니가 아니에요 /
jeo neun eo li ni ga a ni e yo]
男學生：我不是小孩。

● **여학생 : 알았어요 .**
[아라써요 / a la sseo yo]
女學生：（我）知道了。

必學單字　　▶MP3-024

그 代 那；那個；那個人
[geu]

분 名 位
[bun]

저 代 那；那個
[jeo]

이 代 這；這個
[i]

N 의 助 N 的
[...eui]

제 (저의) 我的
[je / 저에 / jeo e]

어린이 名 小孩
[어리니 / eo li ni]

어쨌든 副 反正
[어쨛뜬 / eo jjaet ddeun]

PART 0　PART 1　PART 2　PART 3　附錄

N 이 / 가 아니세요 / 아니에요

⑤ 會話 5

- 선생님 : 이거 누구 책이에요 ?

  [이거 누구 채기에요 / i geo nu gu chae gi e yo]

  老　師：這是誰的書？

- 남학생 : 몰라요 . 어쨌든 제 책이 아니에요 .

  [mol la yo / 어쨌든 제 채기 아니에요 /

  eo jjaet ddeun je chae gi a ni e yo]

  男學生：（我）不知道。反正不是我的書。

⑥ 會話 6

- 여학생 : 이거 _____ 예요 / 이에요 ?

  [i geo … ye yo / i e yo]

  女學生：這是_____嗎？

- 남학생 : 아니요 , _____ 이 / 가 아니에요 .

  [a ni yo, … i /ga a ni e yo]

  男學生：不，不是_____。

文法重點

N 이 / 가 아니세요 / 아니에요 ?(.) 不是 N 嗎？（。）

（1）N 이 / 가 아니세요 ?(.)：S（需要恭敬的對象）不是 N 嗎？（。）

（2）N 이 / 가 아니에요 ?(.)：S（沒有對象的限制）不是 N 嗎？（。）

4. 생활회화4 生活會話4

① 會話 1

▶MP3-025

● **남학생 : 저 좋아해요 ?**

　　　　[저 조아해요 / jeo jo a hae yo]

　男學生：你喜歡我嗎？

● **여학생 : 안 좋아해요 .**

　　　　[안 조아해요 / an jo a hae yo]

　女學生：（我）不喜歡（你）。

　　　전화하지 마세요 .

　　　[jeon hwa ha ji ma se yo]

　　　（您）別打電話。

② 會話 2

● **남학생 : 예 ? 뭐라고요 ? 못 들었어요 .**

　　　　[ye / mwo la go yo / 몯 뜨러써요 / mot ddeu leo sseo yo]

　男學生：嗯？（你）說什麼？（我）沒聽到。

● **여학생 : 못 알아들었어요 ?**

　　　　[모 다라드러써요 / mo da la deu leo sseo yo]

　女學生：（你）沒聽懂嗎？

③ 會話 3

● **여학생 : 안 돼 !**

　　　　[an dwae]

　女學生：不行；不可以！

● **선생님 : 왜 울어요 ?**

　　　　[왜 우러요 / wae u leo yo]

　老　師：（你）為什麼在哭？

「안 + V / A」,「못 + V」
「N (을 / 를) + 안 하다」,「N (을 / 를) + 못 하다」,「V + 지 마세요」

- 여학생 : 말 못 해요 .

  [말 모 태요 / mal mo tae yo]

  女學生：（我）不能說。

- 선생님 : 울지 마세요 .

  [ul ji ma se yo]

  老　師：（您）別哭。

④ 會話 4

- 여학생 : 숙제 다 했어요 ?

  [숙쩨 다 해써요 / suk jje da hae sseo yo]

  女學生：（你）功課都做完了嗎？

- 남학생 : 아니요 , 아직 다 못 했어요 .

  [아니요 , 아직 다 모 태써요 /

  a ni yo, a jik da mo tae sseo yo]

  男學生：沒有，（我）還沒做完。

⑤ 會話 5

- 남학생 : 시험이 끝났어요 .

  [시허미 끈나써요 / si heo mi ggeun na sseo yo]

  男學生：考試結束了。

  공부를 안 했어요 .

  [gong bu leul an hae sseo yo]

  （我）沒有學習。

  그래서 시험을 못 봤어요 .

  [그래서 시허믈 몯 빠써요 /

  geu lae seo si heo meul mot bbwa sseo yo]

  所以（我）考試考得不好。

必學單字　▶MP3-026

숙제 名 作業
[숙쩨 / suk jje]

다 副 全部
[da]

아직 副 還 (沒)
[a jik]

시험 名 考試
[si heom]

그래서 副 所以；因此
[geu lae seo]

動詞和形容詞的基本型

전화하다 動 打電話
[jeon hwa ha da]

되다 動 可以；行
[뒈다 / dwe da]

울다 動 哭
[ul da]

끝나다 動 結束
[끈나다 / ggeun na da]

❻ 會話 6

● **여학생 :** ＿＿＿＿＿＿＿＿＿?
　女學生：＿＿＿＿＿＿＿＿＿嗎？

● **남학생 : 아니요 , (안 / 못)** ＿＿＿＿＿＿＿＿.
　　　　 [a ni yo, an / mot…]
　男學生：不，（不 / 沒有）＿＿＿＿＿＿＿＿＿。

文法重點

V/A 的否定句

（1）안+ V / A：不；沒有＋ V / A

（2）못+ V：不能；不會；沒辦法＋ V

（3）「N +을 / 를+안 하다」和「N +을 / 를+못 하다」：「N 하다」
　　 的否定

（4）V +지 마세요 . ：別＋ V

5. 생활회화5 生活會話5

❶ 會話 1 ▶MP3-027

필學單字 ▶MP3-028

- **선생님 : 문제 없어요 ?**
  [문제 업써요 / mun je eop sseo yo]
  老　師：沒有問題嗎？

- **여학생 : 문제 있어요 .**
  [문제 이써요 / mun je i sseo yo]
  女學生：有問題。

문제 名 問題
[mun je]

질문 名 問題
[jil mun]

시간 名 時間
[si gan]

돈 名 錢
[don]

꿈 名 夢；夢想
[ggum]

❷ 會話 2

- **선생님 : 질문 있어요 ?**
  [질문 이써요 / jil mun i sseo yo]
  老　師：有問題嗎；要提問嗎？

- **남학생 : 선생님 , 오늘 시험이 있어요 ?**
  [선생님 , 오늘 시허미 이써요 /
  seon saeng nim, o neul si heo mi i sseo yo]
  男學生：老師，今天有考試嗎？

❸ 會話 3

- **여학생 : 시간 있어요 ?**
  [시간 이써요 / si gan i sseo yo]
  女學生：（你）有時間嗎？

- **남학생 : 시간 없어요 .**
  [시간 업써요 / si gan eop sseo yo]
  男學生：（我）沒有時間。

④ 會話 4

- **여학생 : 저는 돈이 많이 있어요 .**

  [저는 도니 마니 이써요 / jeo neun do ni ma ni i sseo yo]

  女學生 : 我有很多錢。

- **어린이 : 저는 꿈이 있어요 .**

  [저는 꾸미 이써요 / jeo neun ggu mi i sseo yo]

  小　孩 : 我有夢想。

⑤ 會話 5

- **남학생 : 재미없어요 ?**

  [재미업써요 / jae mi eop sseo yo]

  男學生 : 無聊嗎；不好玩嗎？

- **여학생 : 아니요 , 재미있어요 .**

  [아니요 , 재미이써요 / a ni yo, jae mi i sseo yo]

  女學生 : 不會，好玩啊。

⑥ 會話 6

- **남학생 : _____ 있어요 ?**

  [⋯이써요 / ⋯ i sseo yo]

  男學生 : （你）有_____嗎？

- **여학생 : 아니요 , _____ 없어요 .**

  [아니요 , ⋯ 업써요 / a ni yo, ⋯ eop sseo yo]

  女學生 : 不，（我）沒有_____。

文法重點

있어요 / 없어요 有；沒有

（1）N(이 / 가) ＋있어요 ?(.) : 有 N ？（。）

（2）N(이 / 가) ＋없어요 ?(.) : 沒有 N ？（。）

6. 생활 회화6 生活會話6

감탄사 **感嘆詞**

▸MP3-029

와 ! [wa] 哇！
어머 ! [eo meo] 啊！
에이 ! [e i] 咦！

뭐야 , 이거 ! [mwo ya i geo] 這是什麼東西呀！
아 , 진짜 ! [a, jin jja] 啊，真是的！
아 , 정말 ? [a, jeong mal] 啊，真的？
아 , 짜증나 ! [a, jja jeung na] 啊，煩死了！
엄마야 ! [eom ma ya] 我的媽呀！
깜짝이야 ! [깜짜기야 / ggam jja gi ya] 嚇一跳！

아이구 ! [a i gu] 哎呀！
허이쿠 ! [heo i ku] 哎呀！
세상에 ! [se sa ŋe] 天啊！
맙소사 ! [맙쏘사 / map sso sa] 天啊！

어떡해 ! [어떠캐 / eo ddeo kae] 怎麼辦！
이럴 수가 ! [이럴 쑤가 / i leol ssu ga] 怎麼會這樣！
말도 안 돼 ! [mal do an dwae] 不可能！
대박 ! [dae bak] 天啊；厲害！
헐 ! [heol] 無言！

❶ 會話 1

▸MP3-030

必學單字

남학생 : 저는 여자 친구 있어요 .

[저는 여자 친구 이써요 / jeo neun yeo ja chin gu i sseo yo]

男學生：我有女朋友。

N ＋도 助 N 也

[…do]

여학생 : 헐 ! 말도 안 돼 !

[heol, mal do an dwae]

女學生：無言！不可能！

그럼 副 那麼

[geu leom]

그럼 , 나는 어떡해 ? !

[그럼 , 나는 어떠캐 / geu leom, na neun eo ddeo kae]

那我怎麼辦啊 ？！

❷ 請試著寫出感嘆詞。

남학생 : _____ !

男學生：_____ !

여학생 : _____ !

女學生：_____ !

PART 0

PART 1

PART 2

PART 3

附錄

7. 생활 회화7 生活會話7

접속부사와 유용한 부사 連接副詞和有用的副詞　▶MP3-031

連接副詞 & 副詞

그리고	然後；而且	그런데 / 근데	但是；不過
혹은 [호근]	或；或者	그렇지만 [그러치만]	但是；可是
또는	或；或者	하지만	但是；可是
또	又；再；還有	그러나	但是；可是
왜냐하면	因為	그래도	即使如此；還是
그래서	所以；因此	그러면 / 그럼	那樣的話；那麼
그러니까	所以；因此	어쨌든 [어쩯뜬]	反正；不管怎麼樣
그러므로	因此；因而	게다가 / 더구나	而且；再加上
따라서	因此；從而	혹시 [혹씨]	或許
		만약 [마냑]	如果；要是

① 會話 1　▶MP3-032

● **남학생 : 혹시 돈 있어요 ?**

　　[혹씨 돈 이써요 / hok ssi don i sseo yo]

　男學生：或許（你）有錢嗎？

　　왜냐하면 제가 차비가 없어요 .

　　[왜냐하면 제가 차비가 업써요 /

　　wae nya ha myeon je ga cha bi ga eop sseo yo]

　　因為我沒有車費。

　　그래서 돈이 필요해요 .

　　[그래서 도니 피료해요 / geu lae seo do ni pi lyo hae yo]

　　所以（我）需要錢。

❷ 會話 2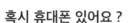

● **여학생 : 저도 돈이 없어요 .**

[저도 도니 업써요 / jeo do do ni eop sseo yo]

女學生：我也沒有錢。

혹시 휴대폰 있어요 ?

[혹씨 휴대폰 이써요 / hok ssi hyu dae pon i sseo yo]

或許（你）有手機嗎？

그러면 친구에게 전화하세요 .

[geu leo myeon chin gu e ge jeon hwa ha se yo]

那麼，（你）打給朋友。

● **남학생 : 아 , 네 . 어쨌든 감사합니다 .**

[아 , 네 . 어쨷뜬 감사함니다 /

a, ne. eo jjaet ddeun gam sa ham ni da]

男學生：啊，是。反正謝謝。

차비 名 車費

[cha bi]

휴대폰 名 手機

[hyu dae pon]

（人）에게 助

跟（人）；對（人）；
給（人）

[(N)e ge]

動詞和形容詞的基本型

필요하다 形 需要；必要

[피료하다 / pi lyo ha da]

PART 0

PART 1

PART 2

PART 3

附錄

8. 생활 회화8 生活會話8

외국인 이름과 외래어 外國人的名字和外來語

標記外來語的方法，原則上依照外來語標記表的方式來標記。標記英文的方式，請參考「國際音聲記號」。但有一些外來語允許本來的發音、或習慣上通用的發音來標記。

請參考下列例子：

▶MP3-034

cup [kʌp] **컵** 杯子

coffee [kɔːfi] **커피** 咖啡

banana [bənænə] **바나나** 香蕉

Christina [kristíːnə] **크리스티나** （英文名）克莉絲汀娜；Christina

Elizabeth [ilízəbəθ] **엘리자베스** （英文名）伊莉莎白；Elizabeth

Gandhi [gάːndiː] **간디** （印度名）甘地；Gandhi

Starbucks [stɑːrbʌks] **스타벅스** 星巴克

Burger King [bɛːrgər kiŋ] **버거킹** 漢堡王

McDonald's [məkdάnəld] **맥도날드** 麥當勞

국제음성기호표 國際音聲記號和韓文對照表

子音			母音	
英文	韓文		英文	韓文
	母音前	子音前或詞彙最後		
p	ㅍ	ㅂ、프	i	이
b	ㅂ	브	y	위
t	ㅌ	ㅅ、트	e	에
d	ㄷ	드	ø	외
k	ㅋ	ㄱ、ㅋ	ɛ	에
g	ㄱ	그	ɛ̃	앵
f	ㅍ	프	œ	외
v	ㅂ	브	œ̃	욍
θ	ㅅ	스	æ	애
ð	ㄷ	드	a	아
s	ㅅ	스	ɑ	아
z	ㅈ	즈	ã	앙
ʃ	시	슈、시	ʌ	어
ʒ	ㅈ	지	ɔ	오
ʦ	ㅊ	츠	ɔ̃	옹
ʣ	ㅈ	즈	o	오
ʧ	ㅊ	치	u	우
ʤ	ㅈ	지	ə	어
m	ㅁ	ㅁ	ɚ	어
n	ㄴ	ㄴ		
ɲ	니	뉴		
ŋ	ㅇ	ㅇ		
l	ㄹ、ㄹㄹ	ㄹ		
r	ㄹ	ㄹ	*半母音發音	*半母音韓文
h	ㅎ	ㅎ	j	이
ç	ㅎ	히	ɥ	위
x	ㅎ	ㅎ	w	오、우

① 會話 1

▶MP3-035

- **여학생 : 이름이 뭐예요 ?**

  [이르미 뭐예요 / i leu mi mwo ye yo]

  女學生 :（你的）名字是什麼 ?

- **남학생 : 저는 마이클이에요 .**

  [저는 마이크리에요 / jeo neun ma i keu li eo yo]

  男學生 : 我是 Michael。

- **남학생 : 이름이 무엇입니까 ?**

  [이르미 무어심니까 / i leu mi mu eo sim ni gga]

  男學生 :（你的）名字是什麼 ?

- **여학생 : 저의 이름은 크리스티나예요 .**

  [저에 이르믄 크리스티나예요 / je e i leu meun keu li seu ti na ye yo]

  女學生 : 我的名字是 Christina。

② 會話 2

- **선생님 : 성함이 어떻게 되세요 ?**

  [성하미 어떠케 뒈세요 / seong ha mi eo ddeo ke dwe se yo]

  老　師 : 請問（您的）大名 ?

- **Tobi : 제 이름은 토비입니다 .**

  [제 이르믄 토비임니다 / je i leu meun to bi im ni da]

  Tobi : 我的名字是 Tobi。

③ 會話 3

- **여학생 : 이름이 뭐예요 ?**

  [이르미 뭐예요 / i leu mi mwo ye yo]

  女學生 :（你的）名字是什麼 ?

- **남학생 : 저는 _____ 이에요 / 예요 .**

  [jeo neun … i eo yo / ye yo]

  男學生 : 我是_____。

4 會話 4

必學單字　▸MP3-036

● **남학생 : 성함이 어떻게 되세요 ?**

　　　　[성하미 어떠케 뒈세요 /

　　　　seong ha mi eo ddeo ke dwe se yo]

　　男學生：請問（您的）大名？

● **여학생 : 저의 (제) 이름은 _____ 입니다 .**

　　　　[저에 (제) 이르믄 …임니다 /

　　　　jeo e(je) i leu meun … im ni da]

　　女學生：我的名字是_____。

이름 名 名字
[i leum]

마이클 （人名） Michael
[ma i keul]

크리스티나（人名）
Christina
[keu li seu ti na]

성함 名 姓名；大名
[seong ham]

토비 （人名） Tobi
[to bi]

9. 생활 회화9 生活會話9

이메일 , 아이디 E-mail、ID

　　韓國人唸英文字母時，會用以下的英文字母表來唸。韓語與英語的發音不同，因此英文字母的韓語唸法，和英語原本的發音稍微不一樣。韓語發音裡，沒有「唇齒音」，如 F、V，也沒有「捲舌音」，如 R 等發音。所以英文字母的名稱與發音是以最接近韓語發音的名稱來命名。請參考以下的英文字母表。

영어 알파벳 英文字母　　　　　　　　　　　　　　　　　▶MP3-037

A [에이]	H [에이치]	O [오]	V [브이]
B [비]	I [아이]	P [피]	W [더블유]
C [시]	J [제이]	Q [큐]	X [엑스]
D [디]	K [케이]	R [아르 / 알]	Y [와이]
E [이]	L [엘]	S [에스]	Z [제트]
F [에프]	M [엠]	T [티]	
G [지]	N [엔]	U [유]	

❶ 會話 1　　　　　　　　　　　　　　　　　　　　　▶MP3-038

● **사장님 : 이메일이 어떻게 되세요 ?**

　　　　　[이메이리 어떠케 뒈세요 / i me i li eo ddeo ke dwe se yo]

　老　闆：（您的）電子郵件是 ?

● **김 선생님 : 저의 이메일은 hahahakorean@gmail.com 입니다 .**

　　　　　[저에 이메이른 에이치 에이 에이치 에이 에이치 에이 케이 오 알 이 에이 엔 골뱅이
　　　　　지메일 점 컴임니다 / jeo e i me i leun hahahakorean gol bae ŋi ji me il jeom keom im
　　　　　ni da]

　金 老 師：　我的 e-mail 是 hahahakorean@gmail.com。

② 會話 2

● 남학생 : 라인 아이디가 뭐예요 ?

[la in a i di ga mwo ye yo]

男學生 :（你的）Line ID 是什麼 ?

● 여학생 : 제 라인 아이디는 hahaha-12345 예요 .

[제 라인 아이디는 에이치 에이 에이치 에이 에이치 에이 하이픈 일 이 삼 사 오예요 /

je la in a i di neun hahaha-12345 ye yo]

女學生 : 我的 Line ID 是 hahaha-12345。

③ 會話 3

● 남학생 : 이메일이 어떻게 되세요 ?

[이메이리 어떠케 뒈세요 / i me i li eo ddeo ke dwe se yo]

男學生 :（您的）電子郵件是什麼 ?

● 여학생 : 저의 이메일은 _____ 입니다 .

[저에 이 메이른 … 임니다 / jeo e i me i leun … im ni da]

女學生 : 我的電子郵件是_____。

④ 會話 4

● 여학생 : 라인 아이디가 뭐예요 ?

[la in a i di ga mwo ye yo]

女學生 :（你的）Line ID 是什麼 ?

● 남학생 : 제 라인 아이디는 _____ 이에요 / 예요 .

[je la in a i di neun … i e yo / ye yo]

男學生 : 我的 LINE ID 是_____。

電腦相關用語 ▸MP3-038

@：골뱅이　[gol bae ŋi]　海螺；小老鼠

Gmail：지메일　[ji me il]

Hotmail：핫메일　[hat me il]

Yahoo：야후　[ya hu]

msn：엠에스엔　[에메쓰엔 / e me sseu en]

daum：다음　[da eum]

naver：네이버　[ne i beo]

Line：라인　[la in]

Kakao Talk：카카오톡 (카톡)　[ka ka o tok (ka tok)]

﹣：하이픈 / 대시 連字號　[ha i peun / 대씨 / dae ssi]

_：언더라인 底線　[eon deo la in]

.：닷 / 점 點　[dat / jeom]

com：컴　[keom]

ABC…：대문자 [dae mun ja] 大寫

abc…：소문자 [so mun ja] 小寫

10. 생활 회화10 生活會話10

명함 교환하기 交換名片

▸MP3-039

❶ 會話 1

● **회사원 1 : 제 명함입니다 .**

　　　　[제 명하밈니다 / je myeong ha mim ni da]

　上班族 1：是我的名片。

● **회사원 2 : 아 , 네 . 감사합니다 .**

　　　　[a, ne. / 감사함니다 / gam sa ham ni da]

　上班族 2：啊，是。謝謝。

❷ 會話 2

● **회사원 1 : 혹시 명함 있어요 ?**

　　　　[혹씨 명함 이써요 / hok ssi myeong ham i sseo yo]

　上班族 1：或許（你）有名片嗎？

● **회사원 2 : 네 , 여기 있습니다 .**

　　　　[네 , 여기 읻씀니다 / ne, yeo gi it sseum ni da]

　上班族 2：是，在這裡。

● **회사원 3 : 죄송합니다 .**

　　　　[줴송함니다 / jwe song ham ni da]

　　　지금 명함이 없어요 .

　　　　[지금 명하미 업써요 / ji geum myeong ha mi eop sseo yo]

　上班族 3：抱歉。現在沒有名片。

❸ 會話 3

① 《토비 루이스의 명함 Tobi Lewis 的名片》

Global Trade Company
세계 무역 회사

Tobi Lewis (토비 루이스)
Tel：02-345-6789
Mobile：010-9876-0815
E-mail：tobi-0815@global.com
Address：서울 강남구 삼성동 73
Kakaotalk ID：tobi815

- **이 사람의 이름이 뭐예요？**
  [이 사라메 이르미 뭐예요 / i sa la me i leu mi mwo ye yo]
  這個人的名字是什麼？

- **이 사람의 직업이 뭐예요？**
  [이 사라메 지거비 뭐예요 / i sa la me ji geo bi mwo ye yo]
  這個人的職業是什麼？

- **이 사람의 휴대폰 번호가 뭐예요？**
  [이 사라메 휴대폰 번호가 뭐예요 / i sa la me hyu dae pon beon ho ga mwo ye yo]
  這個人的手機號碼是什麼？

- **이 사람의 이메일이 뭐예요？**
  [이 사라메 이메이리 뭐예요 / i sa la me i me i li mwo ye yo]
  這個人的電子郵件是什麼？

- **이 사람의 카카오톡 아이디가 뭐예요？**
  [이 사라메 카카오톡 아이디가 뭐예요 / i sa la me ka ka o tok a i di ga mwo ye yo]
  這個人的 Kakaotalk 帳號是什麼？

친구 소개 介紹朋友

이 사람의 이름은 토비 루이스예요.
토비 루이스 씨의 직업은 회사원이에요.
토비 루이스 씨의 휴대폰 번호는 공일공의 구팔칠육의 공팔일오예요.
토비 루이스 씨의 이메일은 티, 오, 비, 아이, 대시, 공, 팔, 일, 오, 골뱅이, global, 점, 컴이에요.
토비 루이스 씨의 카카오톡 아이디는 티, 오, 비, 아이, 팔, 일, 오예요

④ **會話** 4

친구와 명함을 교환해 보세요.
그리고 명함을 보고 친구를 소개해 주세요.
請您和朋友互相交換名片。然後看著名片介紹朋友。

② 《**친구의 명함** 朋友的名片》

Global Trade Company
세계 무역 회사

Tobi Lewis (토비 루이스)
Tel：02-345-6789
Mobile：010-9876-0815
E-mail：tobi-0815@global.com
Address：서울 강남구 삼성동 73
Kakaotalk ID：tobi815

친구 소개 介紹朋友

제 친구의 이름은 _____이에요 / 예요.

_____ 씨의 직업은 _____이에요 / 예요.

_____ 씨의 휴대폰 번호는_____ 이에요 / 예요.

_____ 씨의 이메일은 _____이에요 / 예요.

_____ 씨의 카톡 아이디는_____이에요 / 예요.

MEMO

한국어 단어와 회화

韓語單字‧
會話真簡單

1. 한자어 숫자 漢字語數字

❶ 숫자 數字

▸MP3-040

單字輕鬆學！

1 일	2 이	3 삼	4 사	5 오
11 십일 [시빌]	12 십이 [시비]	13 십삼 [십쌈]	14 십사 [십싸]	15 십오 [시보]
21 이십일 [이시빌]	22 이십이 [이시비]	23 이십삼 [이십쌈]	24 이십사 [이십싸]	25 이십오 [이시보]
31 삼십일 [삼시빌]	32 삼십이 [삼시비]	33 삼십삼 [삼십쌈]	34 삼십사 [삼십싸]	35 삼십오 [삼시보]
41 사십일 [사시빌]	42 사십이 [사시비]	43 사십삼 [사십쌈]	44 사십사 [사십싸]	45 사십오 [사시보]
51 오십일 [오시빌]	52 오십이 [오시비]	53 오십삼 [오십쌈]	54 오십사 [오십싸]	55 오십오 [오시보]
61 육십일 [육씨빌]	62 육십이 [육씨비]	63 육십삼 [육씹쌈]	64 육십사 [육씹싸]	65 육십오 [육씨보]
71 칠십일 [칠씨빌]	72 칠십이 [칠씨비]	73 칠십삼 [칠씹쌈]	74 칠십사 [칠씹싸]	75 칠십오 [칠씨보]
81 팔십일 [팔씨빌]	82 팔십이 [팔씨비]	83 팔십삼 [팔씹쌈]	84 팔십사 [팔씹싸]	85 팔십오 [팔씨보]
91 구십일 [구시빌]	92 구십이 [구시비]	93 구십삼 [구십쌈]	94 구십사 [구십싸]	95 구십오 [구시보]

6 육	7 칠	8 팔	9 구	10 십
16 십육 [심늌]	17 십칠	18 십팔	19 십구 [십꾸]	20 이십
26 이십육 [이심늌]	27 이십칠	28 이십팔	29 이십구 [이십꾸]	30 삼십
36 삼십육 [삼심늌]	37 삼십칠	38 삼십팔	39 삼십구 [삼십꾸]	40 사십
46 사십육 [사심늌]	47 사십칠	48 사십팔	49 사십구 [사십꾸]	50 오십
56 오십육 [오심늌]	57 오십칠	58 오십팔	59 오십구 [오십꾸]	60 육십 [육씹]
66 육십육 [육씸늌]	67 육십칠 [육씹칠]	68 육십팔 [육씹팔]	69 육십구 [육씹꾸]	70 칠십 [칠씹]
76 칠십육 [칠씸늌]	77 칠십칠 [칠씹칠]	78 칠십팔 [칠씹팔]	79 칠십구 [칠씹꾸]	80 팔십 [팔씹]
86 팔십육 [팔씸늌]	87 팔십칠 [팔씹칠]	88 팔십팔 [팔씹팔]	89 팔십구 [팔씹꾸]	90 구십
96 구십육 [구심늌]	97 구십칠	98 구십팔	99 구십구 [구십꾸]	100 백

일 [il]　一；1　　　　　　　　　　　　　　　　　　　▸MP3-041
십 [sip]　十；10
백 [baek]　一百；100
천 [cheon]　一千；1,000
만 [man]　一萬；10,000

십만 [심만 / sim man]　十萬；100,000
백만 [뱅만 / baeng man]　一百萬；1,000,000
천만 [cheon man]　一千萬；10,000,000

억 / 일억 [억 / 이럭 / eok / i leok]　一億；100,000,000
십억 [시벅 / si beok]　十億；1,000,000,000
백억 [배걱 / bae geok]　一百億；10,000,000,000
천억 [처넉 / cheo neok]　一千億；100,000,000,000

조 / 일조 [조 / 일쪼 / jo / il jjo]　一兆；1,000,000,000,000

❷ 한국 화폐　韓國貨幣　　　　　　　　　　　　　　　　▸MP3-042

單字輕鬆學！

동전 [dong jeon] 硬幣
일 원 [이 뤈 / i lwon]　一元
오 원 [오 원 / o won]　五元
십 원 [시 붠 / si bwon]　十元
오십 원 [오시 붠 / o si bwon]　五十元
백 원 [배 권 / bae gwon]　一百元
오백 원 [오배 권 / o bae gwon]　五百元

지폐 [ji pe] 紙幣
천 원 [처 눤 / cheo nwon]　一千元
오천 원 [오처 눤 / o cheo nwon]　五千元
만 원 [마 눤 / ma nwon]　一萬元
오만 원 [오마 눤 / o ma nwon]　五萬元
십만 원 [심마 눤 / sim ma nwon]　十萬元

① 여학생 : **이 빵 얼마예요 ?**
　　　　　　　[i bbang eol ma ye yo]
　　女學生 : 這麵包多少錢 ?

　　남학생 : **이천팔백 원이에요 .**
　　　　　　　[이천팔배 궈니에요 / i cheon pal bae gwo ni eo yo]
　　男學生 : 是兩千八百元。

② 여학생 : **이 ＿＿＿＿＿ 얼마예요 ?**
　　　　　　　[i … eol ma ye yo]
　　女學生 : 這＿＿＿＿＿多少錢 ?

　　남학생 : **＿＿＿＿＿ 원이에요 .**
　　　　　　　[…wo ni eo yo]
　　男學生 : 是＿＿＿＿＿元。

물 : 1,200 원 (천이백 원)

커피 : 2,600 원 (이천육백 원)

수박 : 5,800 원 (오천팔백 원)

쫄면 : 3,000 원 (삼천 원)

모자 : 17,693 원
(만 칠천육백구십삼 원)

가방 : 100,481 원
(십만 사백팔십일 원)

집 : 123,456,000 원
(일억 이천삼백사십오만 육천 원)

水：1,200 元（一千兩百元）

咖啡：2,600 元（兩千六百元）

西瓜：5,800 元（五千八百元）

韓式辣味 Q 麵：3,000 元（三千元）

帽子：17,693 元
（一萬七千六百九十三元）

包包：100,481 元
（十萬零四百八十一元）

房屋：123,456,000 元
（一億兩千三百四十五萬六千元）

PART 2

❸ 전화번호 電話號碼

▸MP3-044

① 여학생 : 집 전화번호가 어떻게 되세요 ?

[집 전화번호가 어떠케 뒈세요 /

jip jeon hwa beon ho ga eo ddeo ke dwe se yo]

女學生 : （您的）家裡電話是多少 ？

02-678-9234

남학생 : 02-678-9234 입니다 .

[공이에 육칠파레 구이삼사임니다 /

go ŋi e yuk chil pa le gu i sam sa im ni da]

男學生 : 是 02-678-9234。

數字 02-678-9234

韓文 공이의 육칠팔의 구이삼사

唸法 [공이에 육칠파레 구이삼사 / go ŋi e yuk chil pa le gu i sam sa]

---

② 남학생 : 휴대전화 번호가 몇 번이에요 ?

[휴대전화 번호가 몇 뻐니에요 /

hyu dae jeon hwa beon ho ga myeot bbeo ni e yo]

男學生 : （你的）手機號碼是幾號 ？

여학생 : 저의 휴대전화 번호는 010-2340-5678 입니다 .

[저에 휴대전화 번호는 공일공에 이삼사공에 오륙칠파림니다 /

jeo e hyu dae jeon hwa beon ho neun gong ŋil go ŋe i sam sa go ŋe o lyuk chil pa lim ni da]

女學生 : 我的手機號碼是 010-2340-5678。

數字 010-2340-5678

韓文 공일공의 이삼사공의 오육칠팔

唸法 [공일공에 이삼사공에 오륙칠팔 / gong ŋil go ŋe i sam sa go ŋe o lyuk chil pal]

---

③ 선생님 : 집 전화번호가 몇 번이에요 ?

[집 전화번호가 멷 뻐니에요 /

jip jeon hwa beon ho ga myeot bbeo ni e yo]

老　師 : （你的）家裡電話號碼是幾號 ?

학　생 : 저의 집 전화번호는 ＿＿＿＿＿＿＿＿＿ 입니다 .

[저에 집 전화번호는 …임니다 / jeo e jip jeon hwa beon ho neun …im ni da]

學　生 : 我家裡電話號碼號碼是＿＿＿＿＿＿＿＿＿ 。

④ 선생님 : 휴대전화 번호가 몇 번이에요 ?

[휴대전화 번호가 멷 뻐니에요 /

hyu dae jeon hwa beon ho ga myeot bbeo ni e yo]

老　師 : （你的）手機號碼是幾號 ?

학　생 : 저의 휴대전화 번호는 ＿＿＿＿＿＿＿＿＿ 입니다 .

[저에 휴대전화 번호는 …임니다 / jeo e hyu dae jeon hwa beon ho neun …im ni da]

學　生 : 我的手機號碼是＿＿＿＿＿＿＿＿＿ 。

補充
單字

집 [jip] 名 家；房屋

전화 [jeon hwa] 名 電話

번호 [beon ho] 名 號碼

휴대전화 [hyu dae jeon hwa] 名 手機

몇 [멷 / myeot] 冠 幾

번 [beon] 依存名詞 號；次

2. 고유어 숫자　固有語數字

❶ 숫자　數字

▸MP3-045

單字輕鬆學！

數字	一 하나	二 둘	三 셋 [셋]	四 넷 [넫]	五 다섯 [다섣]
數字	六 여섯 [여섣]	七 일곱	八 여덟 [여덜]	九 아홉	十 열
數字＋ 量詞	一個 한 개	二個 두 개	三個 세 개	四個 네 개	五個 다섯 개 [다섣깨]
數字＋ 量詞	六個 여섯 개 [여섣깨]	七個 일곱 개 [일곱깨]	八個 여덟 개 [여덜깨]	九個 아홉 개 [아홉깨]	十個 열 개 [열깨]

열 [yeol] 十；10

스물（스무） [seu mul / seu mu] 二十；20

서른 [seo leun] 三十；30

마흔 [ma heun] 四十；40

쉰 [swin] 五十；50

예순 [ye sun] 六十；60

일흔 [il heun] 七十；70

여든 [yeo deun] 八十；80

아흔 [a heun] 九十；90

백（百） [baek] 一百；100

① **사장님 : 뭘 드릴까요 ?**
[mwol deu lil gga yo]
老　闆：（您）需要什麼？

▸**MP3-046**

여학생 : 아저씨 , 커피 두 잔 주세요 .
[a jeo ssi, keo pi du jan ju se yo]
女學生：大叔，請給我兩杯咖啡。

사장님 : 여기 있어요 .
[여기 이써요 / yeo gi i sseo yo]
老　闆：在這裡。

② **남학생 : 딸기 몇 개 먹었어요 ?**
[딸기 멷 깨 머거써요 / ddal gi myeot ggae meo geo sseo yo]
男學生：（你）吃了幾個草莓？

여학생 : 하나 , 둘 , 셋 , 넷 !
[하나 , 둘 , 센 , 넨 / ha na, dul, set, net]
女學生：一、二、三、四！

딸기 네 개 먹었어요 .
[딸기 네 개 머거써요 / ddal gi ne gae meo geo sseo yo]
（我）吃了四個。

③ **남학생 : 가족이 몇 명이에요 ?**
[가조기 면 명이에요 / ga ju gi myeon myeo ŋi e yo]
男學生：（你的）家人有幾位？

여학생 : 모두 일곱 명이에요 .
[모두 일곰 명이에요 / mo du il gom myeo ŋi e yo]
女學生：共是七個人。

④ 선생님 : 오늘 뭐 샀어요 ?

[오늘 뭐 사써요 / o neul mwo sa sseo yo]

老 師 :（你）今天買了什麼？

학 생 : ＿＿＿＿＿＿ 샀어요 .

[… 사써요 / … sa sseo yo]

學 生 :（我）買了＿＿＿＿＿。

單字重點

當在「하나 , 둘 , 셋 , 넷 , 스물」後面加上名詞或量詞 , 就
會變成「한 , 두 , 세 , 네 , 스무＋ N」。

「名詞＋數量＋量詞」 ▸MP3-047

사과 한 개 一個蘋果

책 두 권 兩本書

친구 세 명 (사람) 三個（名）朋友

선생님 네 명 (분) 四個（位）老師

커피 다섯 잔 五杯咖啡

콜라 여섯 병 六瓶可樂

냉면 일곱 그릇 七碗冷麵

신발 한 켤레 一雙鞋子

옷 스무 벌 二十件衣服

▸MP3-047

補充 單字	아저씨 [a jeo ssi] 名大叔
	딸기 [ddal gi] 名草莓
	가족 [ga jok] 名家人
	오늘 [o neul] 名 副今天

補充 動詞	드리다 [deu li da]
	動給；奉上（「주다」的敬語）

❷ 나이 年齡

① 여학생 : 몇 살이에요 ?　　　　　　　▶MP3-048

　　　[멷 싸리에요 / myeot ssa li e yo]

　女學生 :（你）幾歲？

　남학생 : 스무 살이에요 .

　　　[스무 사리에요 / seu mu sa li e yo]

　男學生 :（我）二十歲。

　남학생 : 몇 살이에요 ?

　　　[멷 싸리에요 / myeot ssa li e yo]

　男學生 :（你）幾歲？

　여학생 : 스물두 살이에요 .

　　　[스물 뚜 사리에요 / seu mul ddu sa li e yo]

　女學生 :（我）二十二歲。

　남학생 : 그럼 , 누나예요 ?

　　　[geu leom, nu na ye yo]

　男學生 : 那麼，是姐姐？

② 학　생 : 연세가 어떻게 되세요 ?

　　　[연세가 어떠케 뒈세요 / yeon se ga eo ddeo ke dwe se yo]

　學　生 :（您）貴庚？

　할머니 : 여든여덟 살이에요 .

　　　[여든여덜 싸리에요 / yeo deun yeo deol ssa li e yo]

　奶　奶 :（我）八十八歲。

③ 학　생 : 나이가 어떻게 되세요 ?

　　　[나이가 어떠케 뒈세요 / na i ga eo ddeo ke dwe se yo]

　學　生 :（您）年紀多大？

　선생님 : 비밀이에요 .

　　　[비미리에요 / bi mi li e yo]

　老　師 : 是祕密。

④ 선생님 : 몇 살이에요 ?

            [멷 싸리에요 / myeot ssa li e yo]

老　師：（你）幾歲？

학　생 : ＿＿＿＿＿＿＿ 살이에요 .

            [… 사 / 싸리에요 / … sa / ssa li e yo]

學　生：（我）＿＿＿＿＿＿歲。

單字重點

韓語的序數

▸MP3-049

① 제1(일) 회 , 제2(이) 회 , 제3(삼) 회 … : 第一回、第二回、第三回

② 「첫째 , 둘째 , 셋째 , 넷째 … 」 或 「첫 번째 , 두 번째 , 세 번째 , 네 번째 … 」 : 第一（初次）、第二、第三、第四……

A : 그 드라마 제 1 회 봤어요 ?

    （你）看了那個連續劇的第 1 集嗎？

B : 네 , 어제 처음 봤어요 .

    是，（我）昨天第一次看了。

첫째는 안전 , 둘째도 안전입니다 .

第一是安全，第二也是安全。

저는 셋째 딸이에요 .

我是第三個女兒。

▸MP3-049

補充
單字

살 [sal]　依存名詞　歲

누나 [nu na]　名　（男生對女生）姐姐

연세 [yeon se]　名　貴庚

비밀 [bi mil]　名　祕密

3. 시간 표현 時間表現

❶ 시간 1 時間 1

單字輕鬆學！

▶MP3-050

열 시 십 분 십 오 초　十點十分十五秒
[열 씨 십 뿐 시 보 초 / yeol ssi sip bbun si bo cho]

（純韓文的數字）시（漢字詞的數字）분（漢字詞的數字）초

①

한 시	두 시	세 시
네 시	다섯 시 [다섣 씨]	여섯 시 [여섣 씨]
일곱 시 [일곱 씨]	여덟 시 [여덜 씨]	아홉 시 [아홉 씨]
열 시 [열 씨]	열한 시	열두 시 [열뚜 시]

②

일 분 一分鐘			**삼십일 분** [삼시빌 분] 三十一分鐘	
이 분 二分鐘			**삼십이 분** [삼시비 분] 三十二分鐘	
삼 분 三分鐘			**삼십삼 분** [삼십쌈 분] 三十三分鐘	
사 분 四分鐘			**삼십사 분** [삼십싸 분] 三十四分鐘	
오 분 五分鐘			**삼십오 분** [삼시보 분] 三十五分鐘	
육 분 [육 뿐] 六分鐘			* **삼십육 분** [삼심늑 뿐] 三十六分鐘	
칠 분 七分鐘			**삼십칠 분** 三十七分鐘	
팔 분 八分鐘			**삼십팔 분** 三十八分鐘	
구 분 九分鐘			**삼십구 분** [삼십꾸 분] 三十九分鐘	
십 분 [십 뿐] 十分鐘			**사십 분** [사십 뿐] 四十分鐘	
십일 분 [시빌 분] 十一分鐘			**사십일 분** [사시빌 분] 四十一分鐘	
십이 분 [시비 분] 十二分鐘			**사십이 분** [사시비 분] 四十二分鐘	
십삼 분 [십쌈 분] 十三分鐘			**사십삼 분** [사십쌈 분] 四十三分鐘	
십사 분 [십싸 분] 十四分鐘			**사십사 분** [사십싸 분] 四十四分鐘	
십오 분 [시보 분] 十五分鐘			**사십오 분** [사시보 분] 四十五分鐘	

* **십육 분** [심늑 뿐] 十六分鐘			* **사십육 분** [사심늑 뿐] 四十六分鐘	
십칠 분 十七分鐘			**사십칠 분** 四十七分鐘	
십팔 분 十八分鐘			**사십팔 분** 四十八分鐘	
십구 분 [십꾸 분] 十九分鐘			**사십구 분** [사십꾸 분] 四十九分鐘	
이십 분 [이십 뿐] 二十分鐘			**오십 분** [오십 뿐] 五十分鐘	
이십일 분 [이시빌 분] 二十一分鐘			**오십일 분** [오시빌 분] 五十一分鐘	
이십이 분 [이시비 분] 二十二分鐘			**오십이 분** [오시비 분] 五十二分鐘	
이십삼 분 [이십쌈 분] 二十三分鐘			**오십삼 분** [오십쌈 분] 五十三分鐘	
이십사 분 [이십싸 분] 二十四分鐘			**오십사 분** [오십싸 분] 五十四分鐘	
이십오 분 [이시보 분] 二十五分鐘			**오십오 분** [오시보 분] 五十五分鐘	
* **이십육 분** [이심늑 뿐] 二十六分鐘			* **오십육 분** [오심늑 뿐] 五十六分鐘	
이십칠 분 二十七分鐘			**오십칠 분** 五十七分鐘	
이십팔 분 二十八分鐘			**오십팔 분** 五十八分鐘	
이십구 분 [이십꾸 분] 二十九分鐘			**오십구 분** [오십꾸 분] 五十九分鐘	
삼십 분 [삼십 뿐] 三十分鐘			**육십 분** [육씹 뿐] 六十分鐘	
반 半				

＊ 數字「6」的發音：[육 / 늌 / 륙]

③

한 시 일 분 01 : 01 	두 시 십 분 02 : 10 	세 시 삼십 분 (세 시 반) 03 : 30
열 시 십 분 10 : 10 	열한 시 이십 분 11 : 20 	열두 시 오십 분 12 : 50

會話開口説！

① **남학생 : 몇 시에 수업이 있어요 ?** ▸MP3-051

　　[멷 씨에 수어비 이써요 /

　　myeot ssi e su eo bi i sseo yo]

　男學生 : （你）幾點有課？

여학생 : 아홉 시에 수업이 있어요 .

　　[아홉 씨에 수어비 이써요 /

　　a hop ssi e su eo bi i sseo yo]

　女學生 : （我）九點有課。

② **남학생 : 몇 시에 끝나요 ?**

　　[멷 씨에 끈나요 / myeot ssi e ggeun na yo]

　男學生 : （你）幾點結束？

여학생 : 여섯 시 반에 끝나요 .

　　[여섣 씨 바네 끈나요 / yeo seot ssi ba ne ggeun na yo]

　女學生 : （我）六點半結束。

③ 남학생 : 우리 내일 몇 시에 만나요 ?

　　　　[우리 내일 면 씨에 만나요 / u li nae il myeot ssi e man na yo]

男學生 :　我們明天幾點見面 ?

여학생 : 내일 열두 시에 만나요 .

　　　　[내일 열뚜 시에 만나요 / nae il yeol ddu si e man na yo]

女學生 :　（我們）明天十二點見面吧。

④ 선생님 : 지금 몇 시예요 ?

　　　　[지금 면 씨예요 / ji geum myeot ssi ye yo]

老　師 :　現在幾點 ?

학　생 : ＿＿＿＿＿＿＿ 시 ＿＿＿＿＿＿ 분이에요 .

　　　　[… 시 / 씨 … 부 / 뿌니에요 / …si / ssi … bu / bbu ni e yo]

學　生 :　是＿＿＿＿點＿＿＿＿分。

⑤ 선생님 : 오늘 몇 시에 학교에 왔어요 ?

　　　　[오늘 면 씨에 학꾜에 와써요 / o neul myeot ssi e hak ggyo e wa sseo yo]

老　師 :　（你）今天幾點來學校 ?

학　생 : ＿＿＿＿＿＿＿＿ 시 ＿＿＿＿＿＿ 분에 왔어요 .

　　　　[… 시 / 씨 … 부 / 뿌네 와써요 /

　　　　 … si / ssi … bu / bbu ne wa sseo yo]

學　生 :　（我）＿＿＿＿點＿＿＿＿分來學校。

文法重點

韓語「時間詞彙」的後面，要加「時間助詞」。

「時間＋에」：「時間」的時候

補充
單字

내일 [nae il] 名副 明天

지금 [ji geum] 名副 現在

❷ 시간 2 時間 2

① 재작년 [재장년 / jae jang nyeon] 前年　　　　　　▶MP3-052

　 작년 [장년 / jang nyeon] 去年

　 올해 [ol hae] 今年

　 내년 [nae nyeon] 明年

　 엊그제 [얻끄제 / eot ggeu je] 幾天前

　 그저께 [geu jeo gge] 前天

　 어제 [eo je] 昨天

　 오늘 [o neul] 今天

　 내일 [nae il] 明天

　 모레 [mo le] 後天

　 글피 [geul pi] 大後天

　 주말 [ju mal] 週末

② 지난주 上個星期　　　이번 주 這個星期　　　다음 주 下個星期
　 [ji nan ju]　　　　　[i beon ju]　　　　　[da eum ju]

　 지난달 上個月　　　이번 달 這個月　　　다음 달 下個月
　 [ji nan dal]　　　　[i beon dal]　　　　[da eum dal]

③ 월요일 [워료일 / wo lyo il] 星期一

　 화요일 [hwa yo il] 星期二

　 수요일 [su yo il] 星期三

　 목요일 [모교일 / mo gyo il] 星期四

　 금요일 [그묘일 / geu myo il] 星期五

　 토요일 [to yo il] 星期六

　 일요일 [이료일 / i lyo il] 星期日

④ **새벽** [sae byeok] 凌晨
   아침 [a chim] 早上
   점심 [jeom sim] 中午
   저녁 [jeo nyeok] 晚上
   밤 [bam] 夜晚

⑤ **옛날에** [옌나레 / yen na le] 過去；很久以前；以前
   예전에 [예저네 / ye jeo ne] 以前
   아까 [a gga] 剛才
   방금 [bang geum] 剛剛
   지금 [ji geum] 現在
   이제 [i je] 從此；現在
   요즘 [yo jeum] 近來；最近
   최근에 [최그네 / chwe geu ne] 最近
   이따가 [i dda ga] 待會
   다음에 [다으메 / da eu me] 下次
   나중에 [나중에 / na ju ŋe] 之後

會話開口説！

① **남학생 : 오늘 무슨 요일이에요 ?** ▶MP3-053
   [오늘 무슨 요이리에요 / o neul mu seun yo i li e yo]
   男學生 : 今天星期幾？

   여학생 : 일요일이에요 .
   [이료이리에요 / i lyo i li e yo]
   女學生 : 是星期日。

② **남학생 : 몇 시에 점심을 먹어요 ?**
   [몃 씨에 점시믈 머거요 / myeot ssi e jeom si meul meo geo yo]
   男學生 : （我們）幾點吃午餐？

   여학생 : 배 안 고파요 . 이따가 먹어요 .
   [bae an go pa yo / i dda ga meo geo yo]
   女學生 : （我）不餓。（我們）待會吃吧。

③ 사장님 : 언제 왔어요 ?

　　　　　　 [언제 와써요 / eon je wa sseo yo]
　老　闆 :（你）什麼時候來 ？

　직　원 : 방금 왔어요 .
　　　　　　 [방금 와써요 / bang geum wa sse yo]
　職　員 :（我）剛來了 。

④ 남학생 : 언제 한국어를 공부해요 ?

　　　　　　 [언제 한구거를 공부해요 / eon je han gu geo leul gong bu hae yo]
　男學生 :（你）什麼時候學韓語 ？

　여학생 : 보통 저녁에 한국어를 공부해요 .
　　　　　　 [보통 저녀게 한구거를 공부해요 /
　　　　　　 bo tong jeo nyeo ge han gu geo leul gong bu hae yo]
　女學生 :（我）通常晚上學韓語 。

⑤ 남학생 : 우리 언제 다시 만나요 ?
　　　　　　 [u li eon je da si man na yo]
　男學生 : 我們什麼時候再見面 ？

　여학생 : ＿＿＿＿＿＿＿（에）또 만나요 .
　　　　　　 […(e) ddo man na yo]
　女學生 :（我們）＿＿＿＿＿＿再見面吧 。

　　單字重點

　　　韓語的「時間詞彙」後 , 不需要加「時間助詞」的詞彙如下 :
　　「올해」（今年 ）、「엊그제」（前幾天 ）、「그저께」（前
　　天 ）、「어제」（昨天 ）、「오늘」（今天 ）、「내일」（明天 ）、
　　「모레」（後天 ）、「글피」（大後天 ）等時間詞彙 , 後面都
　　不需要加時間助詞「- 에」。

補充　보통 [bo tong] 名 副 通常
單字　한국어 [한구거 / han gu geo] 名 韓語
　　　다시 [da si] 副 再 ; 重新
　　　또 [ddo] 副 又 ; 再

補充　배가 고프다 [bae ga go peu da]
形容詞　形 肚子餓

單字輕鬆學！

①

일월 [이뤌 / i lwol] 一月
이월 [i wol] 二月
삼월 [사뭘 / sa mwol] 三月
사월 [sa wol] 四月
오월 [o wol] 五月
* 유월 [yu wol] 六月
칠월 [치뤌 / chi lwol] 七月
팔월 [파뤌 / pa lwol] 八月
구월 [gu wol] 九月
* 시월 [si wol] 十月
십일월 [시비뤌 / si bi lwol] 十一月
십이월 [시비월 / si bi wol] 十二月

②

일일 [이릴] 1 日
이일 2 日
삼일 [사밀] 3 日
사일 4 日
오일 5 日
육일 [유길] 6 日
칠일 [치릴] 7 日
팔일 [파릴] 8 日
구일 9 日
십일 [시빌] 10 日
십일일 [시비릴] 11 日
십이일 [시비일] 12 日
십삼일 [십싸밀] 13 日
십사일 [십싸일] 14 日
십오일 [시보일] 15 日

* 십육일 [심뉴길] 16 日
십칠일 [십치릴] 17 日
십팔일 [십파릴] 18 日
십구일 [십꾸일] 19 日
이십일 [이시빌] 20 日
이십일일 [이시비릴] 21 日
이십이일 [이시비일] 22 日
이십삼일 [이십싸밀] 23 日
이십사일 [이십싸일] 24 日
이십오일 [이시보일] 25 日
* 이십육일 [이심뉴길] 26 日
이십칠일 [이십치릴] 27 日
이십팔일 [이십파릴] 28 日
이십구일 [이십꾸일] 29 日
삼십일 [삼시빌] 30 日
삼십일일 [삼시비릴] 31 日

會話開口説！

① 남학생 : **생일이 언제예요 ?**
[생이리 언제예요 / sae ŋi li eon je ye yo]
男學生 :　（你的）生日是什麼時候 ?

여학생 : **칠월 육일이에요 .**
[치뤌 유기리에요 / chi lwol yu gi li e yo]
女學生 :　是七月六日。

남학생 : **오늘이에요 ? 생일 축하해요 !**
[오느리에요 / 생일 추카해요 / o neu li e yo / sae ŋil chu ka hae yo]
男學生 :　是今天嗎 ? 生日快樂 !

② 남학생 : **생신이 언제세요 ?**
[생시니 언제세요 / saeng si ni eon je se yo]
男學生 :　（您的）生日是什麼時候 ?

사장님 : **유월 팔일이에요 .**
[유월 파리리에요 / yu wol pa li li e yo]
老　闆 :　是六月八號。

③ 남학생 : **다음 학기는 몇 월 며칠에 시작해요 ?**
[다음 학끼는 며뒬 며치레 시자캐요 /
da eum hak ggi neun myeo dwol myeo chi le si ja kae yo]
男學生 :　下個學期幾月幾日開始 ?

여학생 : **구월 일일에 시작해요 .**
[구월 이리레 시자캐요 / gu wol i li le si ja kae yo]
女學生 :　九月一日開始。

④ 남학생 : 언제 고향에 가요 ?

[eon je go hya ŋe ga yo]

男學生 : （你）什麼時候去故鄉？

여학생 : 다음 달 이일에 가요 .

[다음 달 이이레 가요 / da eum dal i i le ga yo]

女學生 : （我）下個月二號去。

⑤ 남학생 : 생일이 언제예요 ?

[생이리 언제예요 / sae ŋi li eon je ye yo]

男學生 : （你的）生日是什麼時候？

여학생 : ＿＿＿＿＿＿ 월 ＿＿＿＿＿＿ 일이에요 .

[... 월 ... 이리에요 / ... wol ... i li e yo]

女學生 : 是＿＿＿＿月＿＿＿＿日。

補充 單字	생신 [saeŋ sin] 名 生辰
	학기 [학끼 / hak ggi] 名 學期
	고향 [go hyang] 名 故鄉

4. 계절 季節

單字輕鬆學！

▸MP3-056

봄 春
[bom]

여름 夏
[yeo leum]

가을 秋
[ga eul]

겨울 冬
[gyeo ul]

따뜻해요 .
溫暖。

더워요 .
熱。

시원해요 .
涼爽。

추워요 .
冷。

봄비가 와요 .
下春雨。

장맛비가 와요 .
下梅雨。

서리가 내려요 .
下霜。

눈이 와요 .
下雪。

황사가 불어요 .
沙塵暴吹來。

태풍이 와요 .
颱風來。

단풍이 들어요 .
楓葉轉紅。

겨울바람이 불어요 .
寒風吹來。

꽃이 펴요 .
開花。

會話開口説！

① 남학생 : 어느 계절을 좋아해요 ?

▸MP3-057

　　[어느 게저를 조아해요 / eo neu ge jeo leul jo a hae yo]
男學生 :（你）喜歡哪個季節？

여학생 : 저는 봄을 좋아해요 .

　　[저는 보믈 조아해요 / jeo neun bo meul jo a hae yo]
女學生 : 我喜歡春天。

남학생 : 왜 봄을 좋아해요 ?

　　[왜 보믈 조아해요 / wae bo meul jo a hae yo]
男學生 :（你）為何喜歡春天？

여학생 : 왜냐하면 봄은 따뜻해요 .

　　[왜냐하면 보믄 따뜨태요 / wae nya ha myeon bo meun dda ddeu tae yo]
女學生 : 因為春天很溫暖。

그래서 봄을 좋아해요 .

　　[그래서 보믈 조아해요 / geu lae seo bo meul jo a hae yo]
所以（我）喜歡春天。

② A : 어느 계절을 좋아해요 ?

[어느 게저를 조아해요 / eo neu ge jeo leul jo a hae yo]

A : （你）喜歡哪個季節 ?

B : 저는 ＿＿＿＿＿＿＿ 을 좋아해요 .

[저는 ⋯을 조아해요 / jeo neun ⋯eul jo a hae yo]

B : 我喜歡 ＿＿＿＿＿＿ 。

A : 왜 ＿＿＿＿＿＿＿ 을 좋아해요 ?

[왜 ⋯을 조아해요 / wae ⋯eul jo a hae yo]

A : （你）為何喜歡＿＿＿＿＿＿ ?

B : 왜냐하면 ＿＿＿＿＿＿＿＿＿＿＿ .

[wae nya ha myeon ⋯]

B : 因為 ＿＿＿＿＿＿＿＿ 。

그래서 ＿＿＿＿＿＿＿ 을 좋아해요 .

[그래서 ⋯을 조아해요 / geu lae seo ⋯eul jo a hae yo]

所以（我）喜歡 ＿＿＿＿＿＿ 。

❶ 명절、기념일 節日、紀念日

單字輕鬆學！

① **음력** [음력 / eum nyeok] 農曆

▶MP3-058

　양력 [양력 / yang nyeok] 國曆

② **설날** [설랄 / seol lal]：음력 [음녁] 1 월 1 일

過年：農曆 1 月 1 日

정월 대보름 [jeo ŋwol dae bo leum]：음력 [음녁] 1 월 15 일

元宵節：農曆 1 月 15 日

청명절 [cheong myeong jeol]：양력 [양녁] 4 월 4~5 일

清明節：國曆 4 月 4 ～ 5 日

단오절 [다노절 / da no jeol]：음력 [음녁] 5 월 5 일

端午節：農曆 5 月 5 日

추석 [chu seok]：음력 [음녁] 8 월 15 일

中秋節：農曆 8 月 15 日

동지 [dong ji]：양력 [양녁] 12 월 21~22 일

冬至：國曆 12 月 21 ～ 22 日

③ **밸런타인데이** [bael leon ta in de i]：양력 [양녁] 2 월 14 일

情人節：國曆 2 月 14 日

화이트데이 [hwa i teu de i]：양력 [양녁] 3 월 14 일

白色情人節：國曆 3 月 14 日

블랙데이 [beul laek de i]：양력 [양녁] 4 월 14 일

黑色情人節：國曆 4 月 14 日

어린이날 [어리니날 / eo li ni nal]：양력 [양녁] 5 월 5 일

兒童節：國曆 5 月 5 日

부처님 오신 날 / 석가 탄신일 [bu cheo nim o sin nal / 석까 탄시닐 / seok gga tan si nil]：

음력 [음녁] 4 월 8 일

佛誕日：農曆 4 月 8 日

어버이날 [eo beo i nal] : 양력 [양녁] 5 월 8 일
父母節：國曆 5 月 8 日

스승의 날 [스승에 날 / seu seu ŋe nal] : 양력 [양녁] 5 월 15 일
教師節：國曆 5 月 15 日

개천절 [gae cheon jeol] : 양력 [양녁] 10 월 3 일
開天節（國慶節）：國曆 10 月 3 日

한글날 [한글랄 / han geul lal] : 양력 [양녁] 10 월 9 일
韓文節：國曆 10 月 9 日

크리스마스 / 성탄절 [크리쓰마쓰 / keu li sseu ma sseu / seong tan jeol] :
양력 [양녁] 12 월 25 일
聖誕節：國曆 12 月 25 日

會話開口說！

① **남여학생：새해 복 많이 받으세요 .**　▶MP3-059
[새해 복 마니 바드세요 /
sae hae bok ma ni ba deu se yo]
男女學生： 新年快樂。

할아버지 , 할머니 : 그래 , 너희도 새해 복 많이 받아 .
[그래 , 너히도 새해 복 마니 바다 /
geu lae neo hi do sae hae bok ma ni ba da]
爺爺奶奶： 好，你們也新年快樂。

자 , 세뱃돈 받아 .
[자 , 세뺀똔 바다 / ja , se baet ddon ba da]
來，收下壓歲錢。

남여학생 : 감사합니다 !
[감사함니다 / gam sa ham ni da]
男女學生： 謝謝！

② **즐거운 추석 보내세요 .**
[jeul geo un chu seok bo nae se yo]
祝您度過愉快的中秋節。

③ 행복한 **밸런타인데이** 보내세요 .
[행보칸 밸런타인데이 보내세요 / haeng bo kan bael leon ta in de i bo nae se yo]
祝您度過幸福的情人節。

④ 메리 크리스마스 !
[메리 크리쓰마쓰 / me li keu li sseu ma sseu]
聖誕快樂！

⑤ 여학생 : 크리스마스 이브에 뭐 해요 ?
[keu li sseu ma sseu i beu e mwo hae yo]
女學生 ： 聖誕夜的時候，（你）要做什麼？

남학생 : 그날이 제 생일이에요 .
[그나리 제 생이리에요 / geu na li je sae ŋi li e yo]
男學生 ： 那天是我的生日。

여학생 : 와 ! 진짜요 ?
[wa jin jja yo]
女學生 ： 哇！真的嗎？

우리 생일 파티해요 .
[u li sae ŋil pa ti hae yo]
我們辦個生日派對吧。

⑥ 선생님 : 즐거운 _____ 보내세요 .
[jeul geo un … bo nae se yo]
老 師 ： 祝您 _____ 愉快。

여러분 , 행복한 _____ 보내세요 .
[여러분 , 행보칸 … 보내세요 / yeo leo bun haeng bo kan … bo nae se yo]
祝各位過幸福的 _____ 。

補充 單字	복 [bok] 名 福氣；好運	補充 動詞	받다 [받따 / bat dda]
	할아버지 [하라버지 / ha la beo ji] 名 爺爺		動 收；領；拿
	할머니 [hal meo ni] 名 奶奶		보내다 [bo nae da]
	즐거운 + N [jeul geo un] 冠 愉快的 + N		動 過（時間）；送；寄
	행복한 + N [행보칸 / haeng bo kan]		파티하다 [pa ti ha da]
	冠 幸福的 + N		動 開派對

5. 별자리 星座

單字輕鬆學！

▸MP3-060

물병자리
[물뼝자리 / mul bbyeong ja li]
1 월 20 일 ~2 월 18 일
水瓶座 : 1 月 20 日 ～ 2 月 18 日

물고기자리
[물꼬기자리 / mul ggo gi ja li]
2 월 19 일 ~3 월 20 일
雙魚座 : 2 月 19 日 ～ 3 月 20 日

양자리
[yang ja li]
3 월 21 일 ~4 월 19 일
牡羊座 : 3 月 21 日 ～ 4 月 19 日

황소자리
[hwang so ja li]
4 월 20 일 ~5 월 20 일
金牛座 : 4 月 20 日 ～ 5 月 20 日

쌍둥이자리
[ssang du ŋi ja li]
5 월 21 일 ~6 월 21 일
雙子座 : 5 月 21 日 ～ 6 月 21 日

게자리
[ge ja li]
6 월 22 일 ~7 월 22 일
巨蟹座 : 6 月 22 日 ～ 7 月 2 日

사자자리
[sa ja ja li]
7 월 23 일 ~8 월 22 일
獅子座 : 7 月 23 日 ～ 8 月 22 日

처녀자리
[cheo nyeo ja li]
8 월 23 일 ~9 월 23 일
處女座 : 8 月 23 日 ～ 9 月 23 日

천칭자리
[cheon qing ja li]
9 월 24 일 ~10 월 22 일
天秤座 : 9 月 24 日 ～ 10 月 22 日

전갈자리
[jeon gal ja li]
10 월 23 일 ~11 월 22 일
天蠍座 : 10 月 23 日 ～ 11 月 22 日

사수자리
[sa su ja li]
11 월 23 일 ~12 월 24 일
射手座 : 11 月 23 日 ～ 12 月 24 日

염소자리
[yeom so ja li]
12 월 25 일 ~1 월 19 일
摩羯座 : 12 月 25 日 ～ 1 月 19 日

① **여학생 : 별자리가 뭐예요 ?** ▶MP3-061

　　 [별짜리가 뭐예요 / byeol jja li ga mwo ye yo]

　女學生： （你的）星座是什麼？

　남학생 : 물고기자리예요 .

　　 [물꼬기자리예요 / mul ggo gi ja li ye yo]

　男學生： 是雙魚座。

② **남학생 : 별자리가 어떻게 되세요 ?**

　　 [별짜리가 어떠케 되세요 / byeol jja li ga eo ddeo ke dwe se yo]

　男學生： （您的）星座是什麼？

　여　자 : 게자리예요 .

　　 [ge ja li ye yo]

　女　生： 是巨蟹座。

별자리

③ **선생님 : 별자리가 뭐예요 ?**

　　 [별짜리가 뭐예요 / byeol jja li ga mwo ye yo]

　老　師： （你的）星座是什麼？

　학　생 : ＿＿＿＿＿＿＿＿자리예요 .

　　 [⋯ ja li ye yo]

　學　生： 是＿＿＿＿＿座。

6. 동물 動物

❶ 띠 生肖

單字輕鬆學！

▸MP3-062

쥐	소	호랑이
[jwi]	[so]	[ho la ŋi]
老鼠	牛	老虎
토끼	용	뱀
[to ggi]	[yong]	[baem]
兔子	龍	蛇
말	양	원숭이
[mal]	[yang]	[won su ŋi]
馬	羊	猴子
닭	개	돼지
[dak]	[gae]	[dwae ji]
雞	狗	豬

① 남학생 : 띠가 뭐예요 ?　　　　　▸**MP3-063**

　　　　[ddi ga mwo ye yo]

　男學生 :（你的）生肖是什麼 ？

　여학생 : 저는 토끼띠예요 .

　　　　[jeo neun to ggi ddi ye yo]

　女學生 : 我屬兔子。

② 학　생 : 띠가 어떻게 되세요 ?

　　　　[띠가 어떠케 뒈세요 / ddi ga eo ddeo ke dwe se yo]

　學　生 : 您的生肖是什麼 ？

　선생님 : 저는 꽃띠예요 .

　　　　[저는 꼳띠예요 / jeo neun ggot ddi ye yo]

　老　師 : 我屬花。

③ 선생님 : 띠가 뭐예요 ?

　　　　[ddi ga mwo ye yo]

　老　師 :（你的）生肖是什麼 ？

　학　생 : 저는 ＿＿＿＿＿＿＿ 띠예요 .

　　　　[jeo neun … ddi ye yo]

　學　生 : 我屬 ＿＿＿＿＿ 。

補充
單字　꽃 [꼳 / ggot] 图 花

❷ 동물 動物

▶MP3-064

①
강아지
[ga ŋa ji]
小狗

②
고양이
[go ya ŋi]
貓

③
병아리
[byeo ŋa li]
雛雞

④
염소
[yeom so]
山羊

⑤
곰
[gom]
熊

⑥
판다
[pan da]
熊貓

⑦
새
[sae]
鳥

⑧
학
[hak]
鶴

⑨
오리
[o li]
鴨子

⑩
다람쥐
[da lam jwi]
松鼠

⑪
햄스터
[haem seu teo]
倉鼠

⑫
펭귄
[peng gwin]
企鵝

⑬
코끼리
[ko ggi li]
大象

⑭
낙타
[nak ta]
駱駝

⑮
사자
[sa ja]
獅子

⑯
기린
[gi lin]
長頸鹿

① 남학생 : 어떤 동물을 좋아해요 ?　　　　　　　　　　　▸MP3-065

　　　　[어떤 동무를 조아해요 / eo ddeon dong mu leul jo a hae yo]

男學生 : （你）喜歡哪一種動物 ？

여학생 : 저는 강아지를 좋아해요 .

　　　　[저는 강아지를 조아해요 / jeo neun ga ŋa ji leul jo a hae yo]

女學生 : 我喜歡小狗。

② 여학생 : 어떤 동물을 키워요 ?

　　　　[어떤 동무를 키워요 / eo ddeon dong mu leul ki wo yo]

女學生 : （你）養哪種動物 ？

남학생 : 저는 고양이를 키워요 .

　　　　[jeo neun go ya ŋi leul ki wo yo]

男學生 : 我養貓。

동물 ?

③ 선생님 : 어떤 동물을 좋아해요 ?

　　　　[어떤 동무를 조아해요 / eo ddeon dong mu leul jo a hae yo]

老　師 : （你）喜歡哪一種動物 ？

학　생 : 저는＿＿＿＿＿＿＿ 을 / 를 좋아해요 .

　　　　[저는 ... 을 / 를 조아해요 / jeo neun ...eul / leul jo a hae yo]

學　生 : 我喜歡＿＿＿＿＿ 。

| 補充
單字 | 키우다 [ki u da] 動 餵養；培植；培育 |

7. 신체 身體

▶MP3-066

① 머리 [meo li] 頭 ──▶
② 얼굴 [eol gul] 臉 ──▶
③ 눈 [nun] 眼睛 ──▶
④ 코 [ko] 鼻子 ──▶
⑤ 입 [ip] 嘴 ──▶
⑭ 다리 [da li] 腿
⑮ 무릎 [무릅 / mu leup] 膝蓋
⑯ 발 [bal] 腳

⑥ 귀 [gwi] 耳朵
⑦ 목 [mok] 脖子
⑧ 어깨 [eo ggae] 肩膀
⑨ 가슴 [ga seum] 胸膛
⑩ 배 [bae] 肚子
⑪ 엉덩이 [eong deo ŋi] 屁股
⑫ 팔 [pal] 手臂
⑬ 손 [son] 手

會話開口說！

① 남　자：어디 (가) 아프세요 ?
　　　　　[eo di (ga) a peu se yo]
　男　生：（您）哪裡不舒服？

▶MP3-067

　여　자：머리 (가) 아파요 .
　　　　　[meo li (ga) a pa yo]
　女　生：（我）頭痛。

② 남학생：눈이 정말 예뻐요 .
　　　　　[누니 정말 예뻐요 / nu ni jeong mal ye bbeo yo]
　男學生：（你的）眼睛真漂亮。

　여학생：감사합니다 .
　　　　　[감사합니다 / gam sa ham ni da]
　女學生：謝謝。

③ 의　사 : 어디 (가) 아프세요 ?

[eo di (ga) a peu se yo]

　醫　生 :（您）哪裡不舒服？

　남　자 : ＿＿＿＿＿＿＿（ 이 / 가 ）아파요 .

[… (i / ga) a pa yo]

　男　子 :（我）＿＿＿＿＿＿痛。

補充 形容詞	아프다 [a peu da] 形 痛（아프＋아요 → 아파요）（請您參考 196 頁） 예쁘다 [ye bbeu da] 形 漂亮（예쁘＋어요 → 예뻐요）（請您參考 196 頁）

8. 가족 家人

할아버지 [하라버지 / ha la beo ji] 爺爺　▸**MP3-068**

할머니 [hal meo ni] 奶奶

아버지 / 아빠 [a beo ji / a bba] 爸爸

어머니 / 엄마 [eo meo ni / eom ma] 媽媽

오빠 [o bba] （女生對男生）哥哥

형 [hyeong] （男生對女生）哥哥

언니 [eon ni] （女生對女生）姐姐

누나 [nu na] （男生對女生）姐姐

남동생 [nam dong saeng] 弟弟

여동생 [yeo dong saeng] 妹妹

막내 [망내 / mang nae] 老么

남편 [nam pyeon] 老公

아내 / 부인 [a nae / bu in] 老婆；夫人

외할아버지 [웨하라버지 / we ha la beo ji] 外公

외할머니 [웨할머니 / we hal meo ni] 外婆

삼촌 [sam chon] 叔叔

외삼촌 [웨삼촌 / we sam chon] 舅舅

고모 [go mo] 姑姑

이모 [i mo] 姨媽

사촌 [sa chon] 堂兄弟姊妹

외사촌 [웨사촌 / we sa chon] 表兄弟姊妹

① **남학생 : 누구세요 ?**　▸**MP3-069**
　　　　[nu gu se yo]
　男學生 ： 是誰？

　여학생 : 우리 아버지세요 .
　　　　[u li a beo ji se yo]
　女學生 ： 是我父親。

② 남학생 : **누구예요 ?**

[nu gu ye yo]

男學生 : 是誰？

여학생 : **우리 엄마예요 .**

[u li eom ma ye yo]

女學生 : 是我媽媽。

③ 남학생 : **남자 친구예요 ?**

[nam ja chin gu ye yo]

男學生 : 是男朋友嗎？

여학생 : **아니요 , 제 남동생이에요 .**

[a ni yo, je nam dong sae ŋi e yo]

女學生 : 不，是我的弟弟。

④ 선생님 : **가족이 누구누구예요 ?**

[ga jo gi nu gu nu gu ye yo]

老　師 : 家人有誰？

남　자 : **아내하고 아들 그리고 저 , 모두 세 명이에요 .**

[a nae ha go a deul geu li go jeo, mo du se myeo ŋi e yo]

男　生 : 老婆和兒子，還有我，共有三個人。

엄마 !
아빠 !

⑤ 선생님 : **가족이 누구누구예요 ?**

[ga jo gi nu gu nu gu ye yo]

老　師 : 有哪些家人？

학　생 : _____ , _____ , _____ ,

그리고 _____ , 모두 _____ 명이에요 .

[…, …, …, geu li go …, mo du … myeo ŋi e yo]

學　生 : _____、_____、_____ 還有 _____，全部 _____個人。

補充 單字	누구누구 [nu gu nu gu] 代 誰誰；哪些人
	N 하고 [… ha go] 助 和 N
	모두 [mo du] 名 副 全部

9. 직업 職業

학생 [학쌩 / hak ssaeng] 學生

▶MP3-070

취업 준비생 [chwi eop jun bi saeng] 就職準備生

가정주부 [ga jeong ju bu] 家庭主婦

선생님 [seon saeng nim] 老師

사장님 [sa jang nim] 老闆

회사원 [hwe sa won] 上班族

은행원 [eun hae ŋwon] 銀行人員

승무원 [seung mu won] 空服人員

공무원 [gong mu won] 公務人員

경찰 [gyeong chal] 警察

소방관 [so bang gwan] 消防人員

의사 [eui sa] 醫生

간호사 [gan ho sa] 護士

약사 [약싸 / yak ssa] 藥劑師

변호사 [byeon ho sa] 律師

요리사 [yo li sa] 廚師

운전기사 [yun jeon gi sa] 駕駛

바리스타 [ba li seu ta] 咖啡師

연예인 [여네인 / yeo ne in] 藝人

배우 [bae u] 演員

가수 [ga su] 歌手

기자 [gi ja] 記者

운동선수 [un dong seon su] 運動選手

헤어 디자이너 [he eo di ja i neo] 美容師

패션 디자이너 [pae syeon di ja i neo] 時裝設計師

엔지니어 [en ji ni eo] 工程師

① 女　子：**현빈 씨는 직업이 뭐예요 ?**　▶MP3-071
　　　　[현빈 씨는 지거비 뭐예요 /
　　　　hyeon bin ssi neon ji geo bi mwo ye yo]
　女　生：玄彬先生，（您的）職業是什麼？

　男　子：**저는 회사원이에요 .**
　　　　[저는 회사워니에요 / jeo neun hwe sa wo ni e yo]
　男　生：我是上班族。

② 老師：_____ **씨는 직업이 뭐예요 ?**
　　　　[… 씨는 지거비 뭐예요 / … ssi neon ji geo bi mwo ye yo]
　老　師：_____ 先生 / 小姐，（您的）職業是什麼？

　外國人：**저는 _____ 이에요 / 예요 .**
　　　　[저는 …이에요 / 예요 / jeo neun … i e yo / e yo]
　外國人：我是 _____ 。

10. 색깔　顏色

單字輕鬆學！

▶MP3-072

① **무지개색** [mu ji gae saek] 彩虹色	② **빨간색** [bbal gan saek] 紅色	③ **주황색** [ju hwang saek] 橘色	④ **노란색** [no lan saek] 黃色
⑤ **초록색** [초록쌕 / cho lok ssaek] 綠色	⑥ **파란색** [pa lan saek] 藍色	⑦ **남색** [nam saek] 湛藍色	⑧ **보라색** [bo la saek] 紫色
⑨ **분홍색** [bun hong saek] 粉紅色	⑩ **연두색** [yeon du saek] 淺綠色	⑪ **하늘색** [하늘쌕 / ha neul ssaek] 天空藍	⑫ **연보라색** [yeon bo la saek] 淡紫色
⑬ **갈색** [갈쌕 / gal ssaek] 棕色	⑭ **금색** [geum saek] 金色	⑮ **은색** [eun saek] 銀色	⑯ **흰색** [힌색 / hin saek] 白色
⑰ **아이보리색** [a i bo li saek] 米色	⑱ **회색** [훼색 / hwe saek] 灰色	⑲ **검정색** [geom jeong saek] 黑色	

會話開口說！

① 남학생 : 무슨 색깔을 좋아해요 ? ▸MP3-073

[무슨 색까를 조아해요 /
mu seun saek gga leul jo a hae yo]

男學生 : （你）喜歡什麼顏色 ？

여학생 : 저는 연두색을 좋아해요 .

[저는 연두새글 조아해요 / jeo neun yeon du sae guel jo a hae yo]

女學生 : 我喜歡淺綠色。

② 여학생 : 어떤 색 옷을 자주 입어요 ?

[어떤 색 오슬 자주 이버요 / eo ddeon saek o seul ja ju i beo yo]

女學生 : （你）常穿哪種顏色的衣服 ？

남학생 : 저는 파란색 옷을 자주 입어요 .

[저는 파란색 오슬 자주 이버요 / jeo neun pa lan saek o seul ja ju i beo yo]

男學生 : 我常穿藍色的衣服。

③ 남학생 : 무슨 색 지갑을 샀어요 ?

[무슨 색 지가블 사써요 / mu seun saek ji ga beul sa sseo yo]

男學生 : （你）買了什麼顏色的錢包 ？

여학생 : 빨간색 지갑을 샀어요 .

[빨간색 지가블 사써요 / bbal gan saek ji ga beul sa sseo yo]

女學生 : （我）買了紅色的錢包。

④ 여학생 : 무슨 색깔을 좋아해요 ?

[무슨 색까를 소아해요 / mu seun saek gga leul jo a hae yo]

女學生 : （你）喜歡什麼顏色 ？

남학생 : 저는 _____ 색을 좋아해요 .

[저는 ... 새글 조아해요 / jeo neun ... sae guel jo a hae yo]

男學生 : 我喜歡_____。

補充
單字

자주 [ja ju] 副 常常

지갑 [ji gap] 名 錢包

11. 학생용품 學生用品

單字輕鬆學！

▶MP3-074

① 책
[chaek]
書

② 공책 / 노트
[gong chaek / no teu]
筆記本

③ 사전
[sa jeon]
字典

④ 종이
[jo ŋi]
紙

⑤ 필통
[pil tong]
鉛筆盒

⑥ 연필
[yeon pil]
鉛筆

⑦ 볼펜
[bol pen]
原子筆

⑧ 형광펜
[hyeong gwang pen]
螢光筆

⑨ 지우개
[ji u gae]
橡皮擦

⑩ 수정테이프
[su jeong te i peu]
修正帶

⑪ 수정액
[su jeo ŋaek]
修正液；立可白

⑫ 풀
[pul]
膠水

⑬ 가위
[ga wi]
剪刀

⑭ 스테이플러
[seu te i peul leo]
釘書機

⑮ 책상
[책쌍 / chaek ssang]
書桌

⑯ 의자
[eui ja]
椅子

會話開口説！

① 남학생 : 그 지우개 (를) 좀 주세요 .
　　　　　 [geu ji u gae (leul) jom ju se yo]
　男學生 : 請給我那個橡皮擦。

▶MP3-075

　여학생 : 여기 있어요 .
　　　　　 [여기 이써요 / yeo gi i sseo yo]
　女學生 : 在這裡。

② 여학생 : 볼펜 한 개하고 노트 한 권 (을) 주세요 .

[bol pen han gae ha go no teu han gwon (eul) ju se yo]

女學生 : 請給我一支原子筆和一本筆記本。

사장님 : 네 , 잠깐만요 .

[네 , 잠깐만뇨 / ne, jam ggan man nyo]

老　闆 : 好，請稍等。

③ 남학생 : 돈 좀 빌려 주세요 .

[don jom bil lyeo ju se yo]

男學生 : 請借我錢。

여학생 : 뭐라고요 ? 다시 한번 말씀해 주세요 .

[mwo la go yo / da si han beon mal sseum hae ju se yo]

女學生 : 說什麼？請再說一次。

④ 외국인 : 이거 한국어로 어떻게 말해요 ?

[이거 한구거로 어떠케 말해요 /
i geo han gu geo lo eo ddeo ke mal hae yo]

外國人 : 這個用韓文怎麼說？

Could I borrow your pencil?

천천히 말씀해 주세요 .

[천처니 말씀해 주세요 /
cheon cheo ni mal sseum hae ju se yo]

請您說慢一點。

⑤ 외국인 : 영어로 말씀해 주세요 .

[yeo ŋeo lo mal sseum hae ju se yo]

外國人 : 請您用英文說。

⑥ 사장님 : 뭘 찾으세요 ?

[mwol cha jeu se yo]

老　闆 : （您）找什麼嗎？

남학생 : ＿＿＿＿＿＿ (을 / 를) 좀 주세요 .

[...(eul / leul) jom ju se yo]

男學生 : 請給我＿＿＿＿＿。

⑦ 여학생 : ＿＿＿＿＿＿ 아 / 어 / 여 주세요 .

[...a / eo / yeo ju se yo]

女學生 : 請您＿＿＿＿＿。

남학생 : 네 , 알았어요 .

[ne, a la sseo yo]

男學生 : 好，（我）知道了。

文法重點

N 을 / 를＋주다 : 請給我 N。

V ＋아 / 어 / 여＋주다 :（拜託）請您做 V。;爲（人）做 V。

　　當受詞與「주다」搭配時，有「給」、「送」的意思。但當「V＋아 / 어 / 여」搭配「주다」時，則有表達「拜託」，或「很誠懇」要求做 V 或為某人的意思。

<table>
<tr><td>補充
單字</td><td>좀 [jom] 副 稍微；一點
한번＋ V [han beon] 副 V ＋一下
천천히 [천처니 / cheon cheo ni] 副 慢慢地
영어 [yeo ŋeo] 名 英語
N(으) 로 [...(eu)lo] 助 以 N</td><td>補充
動詞</td><td>빌리다 [bil li da] 動 借
찾다 [찯따 / chat dda]
動 尋找；找</td></tr>
</table>

12. 전자용품 電子用品

單字輕鬆學！

▶MP3-076

①
텔레비전
[tel le bi jeon]
電視（television）

②
라디오
[la di o]
收音機（radio）

③
컴퓨터
[keom pyu teo]
電腦（computer）

④
노트북
[no teu buk]
筆電（notebook）

⑤
전화
[jeon hwa]
電話

⑥
휴대전화
[hyu dae jeon hwa]
手機

⑦
스마트폰
[seu ma teu pon]
智慧型手機
（smartphone）

⑧
카메라
[ka me la]
相機（camera）

⑨
복사기
[복싸기 / bok ssa gi]
影印機

⑩
스캐너
[seu kae neo]
掃描機（scanner）

⑪
팩스
[팩쓰 / paek sseu]
傳真機（fax）

⑫
냉장고
[naeng jang go]
冰箱

⑬
김치냉장고
[gim chi naeng jang go]
泡菜冰箱

⑭
전자레인지
[jeon ja le in ji]
微波爐

⑮
에어컨
[e eo keon]
冷氣（air conditioner）

⑯
세탁기
[세탁끼 / se tak ggi]
洗衣機

⑰
진공청소기
[jin gong cheong so gi]
吸塵器

⑱
헤어드라이어
[he eo deu la i eo]
吹風機（hair drier）

PART 0
PART 1
PART 2
PART 3
附錄

會話開口說！

▶MP3-077

① 여학생 1 : 뭐 사러 가요 ?
　　　　　　[mwo sa leo ga yo]
女學生 1 ： （你）去買什麼 ？

여학생 2 : 냉장고를 사러 가요 .
　　　　　　[naeng jang go leul sa leo ga yo]
女學生 2 ： （我）去買冰箱。

② 사장님 : 뭘 찾으세요 ?
　　　　　　[뭘 차즈세요 / mwol cha jeu se yo]
老　　闆： （您）找什麼嗎 ？

여학생 : 스마트폰을 사러 왔어요 .
　　　　　　[스마트포늘 사러 와써요 /
　　　　　　seu ma teu po neul sa leo wa sseo yo]
女學生 ： （我）來買智慧型手機。

③ 여학생 1 : 뭐 하러 가요 ?
　　　　　　[mwo ha leo ga yo]
女學生 1 ： （你）去做什麼 ？

여학생 2 : 컴퓨터를 고치러 가요 .
　　　　　　[keom pyu teo leul go chi leo ga yo]
女學生 2 ： （我）去修理電腦。

④ 남학생 : 뭐 사러 가요 ?
　　　　　　[mwo sa leo ga yo]
男學生 ： （你）去買什麼嗎 ？

여학생 : ＿＿＿＿＿＿ (을 / 를) 사러 가요 .
　　　　　　[... (eul / leul) sa leo ga yo]
女學生 ： （我）去買＿＿＿＿＿。

⑤ 여학생 : 뭐 하러 가요 ?

　　　　[mwo ha leo ga yo]

女學生 ： （你）去做什麼？

남학생 : ＿＿＿＿＿ (으) 러 가요 .

　　　　[... (eu)leo ga yo]

男學生 ： （我）去＿＿＿＿＿。

文法重點

V ＋ (으) 러 가다 / 오다 ：去 ; 來＋ V。

（1）V ＋으러 가다 / 오다：動詞語幹最後一個字有收尾音。

（2）V ＋러 가다 / 오다 ：動詞語幹最後一個字無收尾音，或收
　　　尾音為「- ㄹ」。例如：「놀러 와요 .」（來玩。）

補充
動詞　　고치다 [go chi da] 動 修理；修改；治療

13. 주방 용품　廚房用品

單字輕鬆學！

▶MP3-078

①

컵
[keop]
杯子（cup）

②

유리컵
[yu li keop]
玻璃杯（玻璃 cup）

③

머그잔
[meo geu jan]
馬克杯（mug 杯）

④

찻잔
[찯짠 / chat jjan]
茶杯；咖啡杯

⑤

접시
[접씨 / jeop ssi]
碟子

⑥

포크
[po keu]
叉子（fork）

⑦

나이프
[na i peu]
餐刀（knife）

⑧

칼
[kal]
刀子

⑨

도마
[do ma]
砧板

⑩

숟가락
[숟까락 / sut gga lak]
湯匙

⑪

젓가락
[젇까락 / jeot gga lak]
筷子

⑫

국자
[국짜 / guk jja]
勺子

⑬

그릇
[그륻 / geu leut]
碗

⑭

밥그릇
[밥끄륻 / bap ggeu leut] 飯碗

⑮

국그릇
[국끄륻 / gŭk ggeu leut] 湯碗

⑯

냄비
[naem bi]
鍋子

⑰

주전자
[ju jeon ja]
水壺

⑱

정수기
[jeong su gi]
飲水機

⑲

가스레인지
[ga seu le in ji]
瓦斯爐（gas range）

⑳

냅킨
[naep kin]
餐巾（napkin）

㉑

행주
[haeng ju]
抹布

㉒

앞치마
[압치마 / ap chi ma]
圍裙

① 여학생 : **숨가락 좀 주세요** . ▶MP3-079

[숟까락 쫌 주세요 / sut gga lak jjom ju se yo]

女學生 : 請給我湯匙。

남학생 : 네 , 알겠습니다 .

[네 , 알겓씀니다 / ne, al get sseum ni da]

男學生 : 好，（我）知道了。

② 여학생 : **여기요 , 컵 하나만 더 주세요** .

[yeo gi yo, keop ha na man deo ju se yo]

女學生 : 不好意思，請再給我一個杯子。

남학생 : 예 , 잠깐만요 .

[예 , 잠깐만뇨 / ye, jam ggan man nyo]

男學生 : 好，請稍等。

③ 여학생 : **저 , 냅킨 좀 주세요** .

[jeo, naep kin jom ju se yo]

女學生 : 不好意思，請給我餐巾。

남학생 : 네 , 잠깐만 기다리세요 .

[ne, jam ggan man gi da li se yo]

男學生 : 好，請等一下。

④ 여학생 : **저기요 , 물 좀 주세요** .

[jeo gi yo, mul jom ju se yo]

女學生 : 不好意思，請給我水。

남학생 : 죄송하지만 , 물은 셀프입니다 .

[줴송하지만 , 무른 쎌프임니다 / jwe song ha ji man, mu leun ssel peu im ni da]

男學生 : 對不起，水是要自助的。

⑤ 남학생 : 저기요 , _____ 좀 주세요 .

      [jeo gi yo, ... jom ju se yo]

男學生 : 不好意思，請給我_____。

직　원 : 네 , 알겠습니다 . 잠깐만 기다리세요 .

      [네 , 알겓씀니다 / ne, al get sseum ni da /

      jam ggan man gi da li se yo]

職　員 : 好，（我）知道了。請稍等。

單字重點

　　當韓國人想引起他人的注意、插話、或是拜託別
人的時候，會說「여기요.」（不好意思；這裡。）、
「저 / 저기요.」（那個；不好意思。）、「죄송하지만
/ 죄송합니다.」（不好意思；抱歉。）、「실례지만 /
실례합니다.」（不好意思；失禮了。）等。

---

14. 한국음식 韓國菜

單字輕鬆學！

▶ MP3-080

불고기 [bul go gi] 烤肉

삼겹살 [삼겹쌀 / sam gyeop ssal] 五花肉

돌솥비빔밥 [돌쏟비빔빱 / dol ssot bi bim bbap] 石鍋拌飯

전주비빔밥 [전주비빔빱 / jeon ju bi bim bbap] 全州拌飯

김밥 [김빱 / gim bbap] 海苔飯卷

김치볶음밥 [김치보끔밥 gim chi bo ggeum bap] 泡菜炒飯

김치파전 [gim chi pa jeon] 泡菜煎餅

해물파전 [hae mul pa jeon] 海鮮煎餅

순대 [sun dae] 糯米大腸

떡볶이 [떡뽀끼 / ddeok bbo ggi] 辣炒年糕

부산 어묵 [bu san eo muk] 釜山魚糕

닭갈비 [닥깔비 / dak ggal bi] 辣炒雞

돼지족발 [돼지족빨 / dwae ji jok bbal] 豬腳

양념치킨 [yang nyeom chi kin] 韓式辣味炸雞

프라이드치킨 [peu la i deu chi kin] 韓式原味炸雞

짬뽕 [jjam bbong] 海鮮烏龍麵

짜장면 [jja jang myeon] 炸醬麵

쫄면 [jjol myeon] 韓式辣味 Q 麵

물냉면 [물랭면 / mul laeng myeon] 韓式水冷麵

비빔냉면 [bi bim naeng myeon] 韓式辣味冷麵

김치찌개 [gim chi jji gae] 泡菜鍋

된장찌개 [뒌장찌개 / dwen jang jji gae] 味噌鍋

순두부찌개 [sun du bu jji gae] 涓豆腐鍋

부대찌개 [bu dae jji gae] 部隊鍋

떡국 [떡꾹 / ddeok gguk] 年糕湯

미역국 [미역꾹 / mi yeok gguk] 海帶湯

콩나물국 [콩나물꾹 / kong na mul gguk] 豆芽湯

설렁탕 [seol leong tang] 雪濃湯

곰탕 [gom tang] 牛骨湯

감자탕 [gam ja tang] 馬鈴薯湯

삼계탕 [삼게탕 / sam ge tang] 蔘雞湯

반찬 [ban chan] 小菜

김치 [gim chi] 泡菜

깍두기 [깍뚜기 / ggak ddu gi] 蘿蔔泡菜

나물무침 [na mul mu chim] 涼拌菜

계란말이 [게란마리 / ge lan ma li] 雞蛋卷

계란찜 [게란찜 / ge lan jjim] 蒸蛋

야식 [ya sik] 宵夜

간식 [gan sik] 零食

會話開口説！

▶MP3-081

① 남학생 : 무슨 음식을 좋아해요？

[무슨 음시글 조아해요 /
mu seun eum si geul jo a hae yo]

男學生： （你）喜歡什麼菜？

여학생 : 저는 비빔밥을 좋아해요.

[저는 비빔빠블 조아해요 / jeo neun bi bim bba beul jo a hae yo]

女學生： 我喜歡拌飯。

② 여학생 : 뭐 먹을 거예요？

[뭐 머글 꺼예요 / mwo meo geul ggeo ye yo]

女學生： （你）要吃什麼？

남학생 : 저는 삼겹살 먹을 거예요.

[저는 삼겹쌀 머글 꺼예요 / jeo neun sam gyeop ssal meo geul ggeo ye yo]

男學生： 我要吃五花肉。

여학생 : 저도요. 그럼 같이 삼겹살 먹어요.

[jeo do yo / 그럼 가치 삼겹쌀 머거요 / geu leom ga chi sam gyeop ssal meo geo yo]

女學生： 我也是。那麼，（我們）一起吃吧。

③ 여학생 : 우리 빨리 주문해요 . 배 고파요 .

　　　　　[u li bbal li ju mun hae yo / bae go pa yo]

　女學生 : 我們快點餐吧。（我）肚子餓了。

아줌마 : 주문하시겠어요 ?

　　　　[주문하시게써요 / ju mun ha si ge sseo yo]

阿　姨 : （您）要點餐了嗎？

남학생 : 떡볶이 주세요 .

　　　　[떡뽀끼 주세요 / ddeok bbo ggi ju se yo]

男學生 : 請給我辣炒年糕。

여학생 : 이모 , 많이 주세요 !

　　　　[이모 마니 주세요 / i mo ma ni ju se yo]

女學生 : 阿姨，請給我多一點喔！

아줌마 : 알겠습니다 .

　　　　[알겓씀니다 / al get sseum ni da]

阿　姨 : （我）知道了；明白了。

학생들 : 이모 , 잘 먹겠습니다 .

　　　　[이모 , 잘 먹껟씀니다 / i mo, jal meok gget sseum ni da]

學生們 : 阿姨，謝謝。開動了。

④ 여학생 : 토비 씨는 아마 늦을 거예요 .

　　　　[토비 씨는 아마 느즐 꺼예요 /

　　　　to bi ssi neun a ma neu jeul ggeo ye yo]

女學生 : Tobi 可能會晚到。

　　　　사장님 먼저 드세요 .

　　　　[sa jang nim meon jeo deu se yo]

　　　　老闆先吃吧。

사장님 : 그럼 , 저 먼저 먹겠습니다 .

　　　　[그럼 , 저 먼저 먹껟씀니다 / geu leom, jeo meon jeo meok gget sseum ni da]

老　闆 : 那麼，我先開動了。

⑤ 남학생 : 제가 계산할게요 .

[제가 계산할께요 / je ga ge san hal gge yo]

男學生 : 我來結帳。

먼저 가세요 .

[meon jeo ga se yo]

（您）先走。

여학생 : 그럼 , 저 먼저 갈게요 .

[그럼 , 저 먼저 갈께요 / geu leom, jeo meon jeo gal gge yo]

女學生 : 那麼，我先走了。

⑥ 아줌마 : 주문하시겠어요 ?

[주문하시게써요 / ju mun ha si ge sseo yo]

阿 　 姨 : （您）要點餐了嗎？

여학생 : 잠깐만요 . 뭐 먹을 거예요 ?

[잠깐만뇨 . 뭐 머글 꺼예요 /

jam ggan man nyo / mwo meo geul ggeo ye yo]

女學生 : 請等一下。（你）要吃什麼？

남학생 : 저는 _____ 먹을 거예요 .

[저는 ... 머글 꺼예요 / jeo neun ... meo geul ggeo ye yo]

男學生 : 我要吃_____。

여학생 : 저는 _____ 먹을 거예요 .

[저는 ... 머글 꺼예요 / jeo neun ... meo geul ggeo ye yo]

女學生 : 我要吃_____。

남학생 : 여기요 , _____ 하고 _____ 주세요 .

[yeo gi yo ...ha go ... ju se yo]

男學生 : 請給我_____和_____。

文法重點

V / A 的未來時態 1：V / A ＋ ㄹ (을) 거예요 ?(.)

　　表達「未來、猜測」：要 V / A 嗎？（。）、會 V / A 嗎？（。）
（1）V / A ＋을 거예요：語幹最後一個字**有收尾音**。
（2）V / A ＋ㄹ 거예요：語幹最後一個字**無收尾音**，或最後一個字
　　的收尾音為「- ㄹ」。

S（第一人稱）＋ V 的未來時態 2：V ＋ ㄹ (을) 게요 .

　　表達「第一人稱」（나 , 저 , 우리 , 저희）不久的未來要做的「決
定」或「意志」：「我（們）要 V。」
（1）V ＋ 을게요 ：語幹最後一個字**有收尾音**。
（2）V ＋ ㄹ게요 ：語幹最後一個字**無收尾音**，或最後一個字的收尾
　　音為「- ㄹ」。

V / A 的未來時態 3：V / A ＋겠습니까 ? / 겠습니다 .、V / A
＋겠어요 ?(.)

　　語尾助詞「- 겠 -」，表達「未來、猜測、習慣用語」：要 V / A 嗎？
（。）、會 V / A 嗎？（。）、慣用語
※ 請參考「- 겠 -」的慣用語。例如：　　　　　　　　　　▸MP3-082
알겠습니다 . 明白了。
모르겠습니다 . / 모르겠어요 . 不知道；不懂。
잘 먹겠습니다 . 開動了。

▸MP3-082

補充單字	아줌마 [a jum ma] 名 阿姨 아마 [a ma] 副 可能 먼저 [meon jeo] 名副 以前；首先 N 하고 […ha go] 助 和 N	補充動詞	주문하다 [ju mun ha da] 動 訂單；點餐 늦다 [늗따 / neut dda] 動形 遲到；晚 계산하다 [ge san ha da] 動 結帳；算

「V / A 的未來時態 1」

V / A ＋ ㄹ（을）거예요 ? (.)：要 V / A 嗎？（。）、
會 V / A 嗎？（。）

❶ V / A ＋을 거예요

（語幹最後一個字**有收尾音**）

基本型	語幹	語尾	疑問句	陳述句
좋다 好；喜歡	좋	을 거예요	좋을 거예요 ?	좋을 거예요 .
앉다 坐				
읽다 讀				
먹다 吃				

❷ V / A ＋ㄹ 거예요

（語幹最後一個字**無收尾音**，或最後一個字的收尾音為「 - ㄹ 」）

基本型	語幹	語尾	疑問句	陳述句
가다 去	가	ㄹ 거예요	갈 거예요 ?	갈 거예요 .
오다 來				
마시다 喝				
놀다 玩				
공부하다 學習				

열심히 공부할 거예요 .
我要努力學習。

「V 的未來時態 2」

V ＋ ㄹ（을）게요 . :（我 / 我們）要 V。

❶ V ＋을게요

（語幹最後一個字**有收尾音**）

基本型	語幹	語尾	第一人稱的未來時態
앉다 坐	앉	을게요	앉을게요 .
읽다 讀			
먹다 吃			

❷ V ＋ㄹ게요

（語幹最後一個字**無收尾音**，最後一個字的收尾音為「- ㄹ」）

基本型	語幹	語尾	第一人稱的未來時態
가다 去	가	ㄹ게요	갈게요 .
기다리다 等待			
놀다 玩			
주문하다 點餐；訂貨			

먼저 먹을게요 .
我先開動了。

PART 0
PART 1
PART 2
PART 3
附錄

연습문제
練習題

「V / A 的未來時態 3」

V / A ＋겠습니까？/ 겠습니다.：要 V / A ？（。）、會 V / A ？（。）

V / A ＋겠어요 ?(.)：要 V / A ？（。）、會 V / A ？（。）

❶ V / A ＋겠습니까？/ 겠습니다.：格式體

（不分語幹的母音或收尾音的存在）

基本型	語幹	「- 겠 -」	疑問句	陳述句
좋다 好；喜歡	좋	겠	좋겠습니까？	좋겠습니다.
먹다 吃				
가다 去				
오다 來				
알다 知道				

❷ V / A ＋겠어요 ?(.)：非格式體

（不分語幹的母音或收尾音的存在）

基本型	語幹	「- 겠 -」	疑問句	陳述句
좋다 好；喜歡	좋	겠	좋겠어요？	좋겠어요.
먹다 吃				
가다 去				
오다 來				
알다 知道				

알겠습니다.
我明白了。

15. 음료수 [음뇨수] 飲料

PART 0

單字輕鬆學！

▶MP3-083

물 [mul] 水

우유 [u yu] 牛奶

주스 [주쓰 / ju sseu] 果汁（juice）

커피 [keo pi] 咖啡（coffee）

아이스커피 [아이쓰 커피 / a i sseu keo pi] 冰咖啡（ice coffee）

콜라 [kol la] 可樂（cola）

사이다 [sa i da] 雪碧（Sprite）

환타 [hwan ta] 芬達（Fanta）

요구르트 [yo gu leu teu] 酸奶（yogurt）

야쿠르트 [ya ku leu teu] 養樂多（Yakult）

차 [cha] 茶

녹차 [nok cha] 綠茶

홍차 [hong cha] 紅茶

인삼차 [in sam cha] 人蔘茶

대추차 [dae chu cha] 紅棗茶

유자차 [yu ja cha] 柚子茶

율무차 [yul mu cha] 薏米茶；薏仁茶

매실차 [mae sil cha] 梅子茶

보리차 [bo li cha] 麥茶

옥수수 수염차 [옥쑤쑤 쑤염치 / ok ssu su su yeom cha] 玉米鬚茶

식혜 [시케 / si ke] 韓式酒釀

수정과 [su jeong gwa] 柿餅汁

술 [sul] 酒

막걸리 [막껄리 / mak ggeol li] 韓國小米酒

소주 [so ju] 燒酒

맥주 [맥쭈 / maek jju] 啤酒

PART 1 PART 2 PART 3 附錄

양주 [yang ju] 洋酒

청주 [cheong ju] 清酒

고량주 [go lyang ju] 高粱酒

복분자주 [복뿐자주 / bok bbun ja ju] 覆盆子

會話開口說！

① 남학생 : 여기요 , 홍차 한 잔하고 커피 한 잔 주세요 .

    [yeo gi yo, hong cha han jan ha go keo pi han jan ju se yo]

  男學生 :　不好意思，請給我一杯紅茶和一杯咖啡。

▶MP3-084

종업원 : 네 , 알겠습니다 .

    [네 , 알겓씀니다 / ne, al get sseum ni da]

  服務生 :　好，（我）知道了。

② 남학생 : 우리 커피 마실래요 ?

    [u li keo pi ma sil lae yo]

  男學生 :　我們要不要喝咖啡？

여학생 : 네 , 좋아요 .

    [ne, jo a yo]

  女學生 :　嗯，好啊。

③ 여학생 : 뭐 마실래요 ?

    [mwo ma sil lae yo]

  女學生 :　（你）想要喝什麼？

남학생 : 저는 그냥 물 마실래요 .

    [jeo neun geu nyang mul ma sil lae yo]

  男學生 :　我只要喝水。

④ 종업원 : 주문하시겠어요 ?

　　　　 [주문하시게써요 / ju mun ha si ge sseo yo]

服務生 : （您）要點餐了嗎？

남학생 : 네 , _____ 하고 _____ 주세요 .

　　　　 [ne, ...ha go ... ju se yo]

男學生 : 是，請給我_____和_____。

⑤ 남학생 : 뭐 마실래요 ?

　　　　 [mwo ma sil lae yo]

男學生 : （你）想要喝什麼？

여학생 : 저는 _____ （을 / 를）마실래요 .

　　　　 [jeo neun ...(eul / leul) ma sil lae yo]

女學生 : 我想要喝_____。

文法重點

∨ + ㄹ (을) 래요 ?(.) : 想要 ∨ 嗎 ？（ 。）、要不要（一起） ∨ ？

　　表達「意圖」和「意志」，還有「提議」。例如：　▸MP3-084

뭐 드실래요 ? 您想吃什麼？（意圖和意志）

저는 짜장면 먹을래요 . 我想吃炸醬麵。（意圖和意志）

우리 같이 영화를 볼래요 ? 我們要不要一起看電影？（提議）

▸MP3-084

補充
單字

그냥 [geu nyang] 副 就；只是

종업원 [종어뷘 / jo ŋeo bwon] 名 服務員

16. 조미료 調味料

單字輕鬆學！

▸MP3-085

소금 [so geum] 鹽
설탕 [seol tang] 糖
식초 [sik cho] 醋
간장 [gan jang] 醬油
된장 [뒌장 / dwen jang] 大豆醬
고추장 [go chu jang] 辣椒醬
고춧가루 [고춛까루 / go chut gga lu] 辣椒粉
후추 [hu chu] 胡椒
후춧가루 [후춛까루 / hu chut gga lu] 胡椒粉
겨자소스 [겨자쏘스 / gyeo ja sso seu] 芥末醬
머스터드소스 [머스터드쏘스 / meo seu teo deu sso seu] 芥末醬（mustard）
고추냉이 [go chu nae ŋi] 哇沙比
와사비 [wa sa bi] 哇沙比（わさび）
케첩 [ke cheop] 番茄醬（ketchup）
버터 [beo teo] 奶油（butter）
마요네즈 [ma yo ne jeu] 沙拉醬（mayonnaise）
식용류 [시굥뉴 / si gyong nyu] 沙拉油
올리브유 [ol li beu yu] 橄欖油（olive 油）
참기름 [cham gi leum] 芝麻油
들기름 [deul gi leum] 香油

맛 , 냄새　味道

* 맵다 → 매워요 [mae wo yo] 辣的
　짜다 → 짜요 [jja yo] 鹹的
　시다 → 셔요 [syeo yo] 酸的
　달다 → 달아요 [다라요 / da la yo] 甜的
* 쓰다 → 써요 [sseo yo] 苦的
　떫다 → 떫어요 [떨버요 / ddeol beo yo] 澀的
* 싱겁다 → 싱거워요 [sing geo wo yo] 淡的
　담백하다 → 담백해요 [담배캐요 / dam bae kae yo] 清淡的
　고소하다 → 고소해요 [go so hae yo] 香噴噴的
　느끼하다 → 느끼해요 [neu ggi hae yo] 油膩的

會話開口説！

① **남학생 : 여기요 , 소금 좀 주세요 .** ▶MP3-086

　　　　[yeo gi yo, so geum jom ju se yo]

男學生 : 不好意思，請給我鹽巴。

여학생 : 왜요 ? 너무 싱거워요 ?

　　　[wae yo / neo mu sing geo wo yo]

女學生 : 為什麼？太淡了嗎？

남학생 : 네 , 좀 싱거워요 .

　　　[ne, jom sing geo wo yo]

男學生 : 是，有一點淡。

② **여학생 : 왜 그래요 ? 맛이 이상해요 ?**

　　　[wae geu lae yo / 마시 이상해요 / ma si i sang hae yo]

女學生 : 怎麼了？味道奇怪嗎？

남학생 : 조금 짜요 .

　　　[jo geum jja yo]

男學生 : 有一點鹹。

③ **여학생 : 김치 맛이 어때요 ?**

　　　[김치 마시 어때요 / gim chi ma si eo ddae yo]

女學生 : 泡菜味道怎麼樣？

남학생 : 조금 매워요 .

　　　[jo geum mae wo yo]

男學生 : 有一點辣。

그런데 너무 맛있어요 .

[그런데 너무 마시써요 / geu leon de neo mu ma si sseo yo]

不過很好吃。

④ 남학생 : ＿＿＿＿＿＿ 맛이 어때요 ?

[... 마시 어때요 / ma si eo ddae yo]

男學生 : ＿＿＿＿＿＿味道怎麼樣 ?

여학생 : 조금 ＿＿＿＿＿＿ . 그런데 맛있어요 .

[jo geum ... / 그런데 마시써요 / geu leon de ma si sseo yo]

女學生 : 有一點＿＿＿＿＿＿。但是很好吃。

「ㅂ(비읍)」不規則

　　當有些動詞或形容詞的語幹最後一個收尾音為「-ㅂ」，而且要加上的語尾為母音開頭（如「-아 / 어」或「-으」等）時，語幹的「ㅂ(비읍)」就會脫落、變形。但是當語尾不是母音開頭（如「-습니다」、「-네요」、「-지요」等）時，「語幹」就不會變形。例如：

맵다 (맵습니다 / 매워요) 辣的　　　　　　　　　　　▸MP3-086

싱겁다 (싱겁습니다 / 싱거워요) 清淡的

덥다 (덥습니다 / 더워요) 熱的

춥다 (춥습니다 / 추워요) 冷的

뜨겁다 (뜨겁습니다 / 뜨거워요) 燙的

차갑다 (차갑습니다 / 차가워요) 冰冷的；冰的

어렵다 (어렵습니다 / 어려워요) 難的

쉽다 (쉽습니다 / 쉬워요) 容易的

무섭다 (무섭습니다 / 무서워요) 可怕的

귀엽다 (귀엽습니다 / 귀여워요) 可愛的

아름답다 (아름답습니다 / 아름다워요) 美麗的

간지럽다 (간지럽습니다 / 간지러워요) 癢的

시끄럽다 (시끄럽습니다 / 시끄러워요) 很吵的

고맙다 (고맙습니다 / 고마워요) 謝謝

▸MP3-086

| 補充單字 | 너무 [neo mu] 副 太；很 |
| | 조금 [jo geum] 副 稍微；一點 |

補充形容詞	이상하다 [i sang ha da] 形 奇怪；可疑
	어떻다 [어떠타 / eo ddeo ta]
	形 怎麼樣（어떻＋어요→어때요）
	（請您參考 195 頁）

17. 야채 蔬菜

單字輕鬆學！

▶MP3-087

감자 [gam ja] 馬鈴薯

고구마 [go gu ma] 地瓜

무 [mu] 蘿蔔

당근 [dang geun] 紅蘿蔔

우엉 [u eong] 牛蒡

마늘 [ma neul] 蒜頭

생강 [saeng gang] 生薑

파 [pa] 蔥

양파 [yang pa] 洋蔥

고추 [go chu] 辣椒

피망 [pi mang] 青椒

오이 [o i] 小黃瓜

수세미 [su se mi] 絲瓜

호박 [ho bak] 南瓜

애호박 [ae ho bak] 櫛瓜

배추 [bae chu] 白菜

양배추 [yang bae chu] 高麗菜

부추 [bu chu] 韭菜

미나리 [mi na li] 水芹菜

브로콜리 [beu lo kol li] 花椰菜（broccoli）

셀러리 [sel leo li] 芹菜（celery）

고수 [go su] 香菜

쑥갓 [쑥낃 / ssuk ggat] 茼蒿

깻잎 [깬닙 / ggaen nip] 紫蘇葉

가지 [ga ji] 茄子

토마토 [to ma to] 番茄（tomato）

버섯 [버섣 / beo seot] 香菇

會話開口説！

① **여학생：김치 양념에 뭐가 들어가요？**　▶MP3-088

　　[김치 양녀메 뭐가 드러가요 /

　　gim chi yang nyeo me mwo ga deu leo ga yo]

女學生： 在泡菜醬料裡放什麼？

선생님：마늘하고 생강이 들어가요 .

　　[마늘하고 생강이 드러가요 / ma neul ha go saeng ga ŋi deu leo ga yo]

老　師： 放大蒜和生薑。

② **외국인：이 된장찌개에 뭐가 들어갔어요？**

　　[이 뒌장찌개에 뭐가 드러가써요 /

　　i dwen jang jji gae e mwo ga deu leo ga sseo yo]

外國人： 在這大醬鍋裡放了什麼？

요리사：애호박과 버섯이 들어갔어요 .

　　[애호박꽈 버서시 드러가써요 /

　　ae ho bag ggwa beo seo si deu leo ga sseo yo]

廚　師： 放了櫛瓜和香菇。

③ **남학생：저는 당근 싫어해요 .**

　　[저는 당근 시러해요 / jeo neun dang geun si leo hae yo]

男學生： 我不喜歡紅蘿蔔。

당근 빼고 주세요 .

　　[dang geun bbae go ju se yo]

　　請您不要加紅蘿蔔。

④ **여학생：저는 고수 빼고 다 잘 먹어요 .**

　　[저는 고수 빼고 다 잘 머거요 /

　　jeo neun go su bbae go da jal meo geo yo]

女學生： 我除了香菜，都會吃。

⑤ 외국인 : _____ 에 뭐가 들어가요?

　　　　[... 에 뭐가 드러가요 / ...e mwo ga deu leo ga yo]

外國人 : _____裡放什麼?

　요리사 : _____ 하고 _____ 이 / 가 들어가요.

　　　　[... 하고 ... 이 / 가 드러가요 / ...ha go ...i / ga deu leo ga yo]

廚　師 : 放_____和_____。

⑥ 여학생 : 모든 음식 다 잘 먹어요?

　　　　[모든 음식 다 잘 머거요 /

　　　　mo deun eum sik da jal meo geo yo]

女學生 : （你）所有的菜都很會吃嗎?

　남학생 : 저는 _____ 빼고 다 잘 먹어요.

　　　　[저는 ... 빼고 다 잘 머거요 /

　　　　jeo neun ... bbae go da jal meo geo yo]

男學生 : 我除了_____之外，都喜歡吃。

文法重點

「N 빼고~」：除去；去掉；不要 N ～

「N 빼고 다~」 除了 N 之外，都～

例如：　　　　　　　　　　　　　　　　▶MP3-088

얼음 빼고 주세요. 請您去冰。

이거 빼고 저거 사요. 不要這個，買那個吧。

시험 빼고 다 좋아요. 除了考試之外，都好。

그 사람 빼고 다 왔어요. 除了那個人之外，都來了。

―――――――――――――――――――――――――――――▶MP3-088

補充
單字　양념 [yang nyeom] 名 調味；醬料
　　　다 [da] 名 副 全部；都
　　　N 와 / 과 [...wa / gwa] 助 和 N

補充
動詞　들어가다 [드러가다 / deu leo ga da]
　　　動 進去；放入

18. 과일 水果

單字輕鬆學！

▶MP3-089

딸기 [ddal gi] 草莓

산딸기 [san ddal gi] 野草莓

앵두 [aeng du] （韓國）櫻桃

체리 [che li] （西洋）櫻桃（cherry）

블루베리 [beul lu be li] 藍梅（blueberry）

크렌베리 [keu len be li] 蔓越莓（cranberry）

매실 [mae sil] 梅子

참외 [차뭬 / cha mwe] 香瓜

멜론 [mel lon] 哈密瓜（melon）

수박 [su bak] 西瓜

자두 [ja du] 李子

살구 [sal gu] 杏桃

복숭아 [복쑹아 / bok ssu ŋa] 水蜜桃

천도복숭아 [천도복쑹아 / cheon do bok ssu ŋa] 油桃；甜桃

포도 [po do] 葡萄

청포도 [cheong po do] 綠葡萄

사과 [sa gwa] 蘋果

배 [bae] 水梨

감 [gam] 柿子

귤 [gyul] 橘子

오렌지 [o len ji] 柳橙（orange）

자몽 [ja mong] 葡萄柚

키위 [ki wi] 奇異果（kiwi）

바나나 [ba na na] 香蕉（banana）

파인애플 [파이내플 / pa i nae peul] 鳳梨（pineapple）

파파야 [pa pa ya] 木瓜（papaya）

화용과 [hwa yong gwa] 火龍果

스타푸루트 [seu ta pu lu teu] 楊桃（star fruit）

망고 [mang go] 芒果（mango）

망고스틴 [mang go seu tin] 山竹

두리안 [du li an] 榴槤

單字重點

水果的量詞

「名詞＋數量＋量詞」

개 [gae] : 사과 한 개　　　　個：一個蘋果

통 [tong] : 수박 두 통　　　　顆：二顆西瓜

송이 [so ŋi] : 포도 세 송이　　串：三串葡萄

바구니 [ba gu ni] : 살구 한 바구니　籃：一籃杏桃

상자 [sang ja] : 배 한 상자　　　箱：一箱梨子

근 [geun] : 딸기 한 근　　　　斤：一斤草莓

그램 (g / gram) [geu laem] :　　公克：櫻桃 375 克
앵두 375(삼백칠십오) 그램

킬로그램 (kg / kilogram) [kil lo geu laem] :　公斤：梅子 1 公斤
매실 1(일) 킬로그램

會話開口說！

① 여학생 : 수박 한 통에 얼마예요 ?

　　[su bak han to ŋe eol ma ye yo]

女學生 ：一顆西瓜多少錢 ?

▶MP3-090

사장님 : 구천 원이에요 .

　　[구처 눠니에요 / gu cheo nwo ni e yo]

老　闆 ：是九千元。

여학생 : 좀 싸게 해 주세요 .

　　[jom ssa ge hae ju se yo]

女學生 ：請您算便宜一點。

사장님 : 그럼 , 팔천 원만 주세요 .

　　[그럼 , 팔처 눤만 주세요 / geu leom, pal cheo nwon man ju se yo]

老　闆 ：那麼，只要給我八千元。

② 여학생 : **아저씨 , 딸기 어떻게 해요 ?**

[아저씨 , 딸기 어떠케 해요 / a jeo ssi, ddal gi eo ddeo ke hae yo]

女學生 : 大叔，草莓怎麼賣？

사장님 : **딸기 한 바구니에 오천 원이에요 .**

[딸기 한 바구니에 오처 뉘니에요 / ddal gi han ba gu ni e o cheo nwo ni e yo]

老　闆 : 草莓一籃五千元。

여학생 : **너무 비싸요 . 좀 깎아 주세요 .**

[neo mu bi ssa yo / 좀 까까 주세요 / jom gga gga ju se yo]

女學生 : 太貴了。請您便宜一點。

사장님 : **아이고 , 알았어요 . 그럼 , 나중에 또 오세요 .**

[아이고 , 아라써요 / a i go, a la sseo yo / geu leom, na ju ŋe ddo o se yo]

老　闆 : 哎呀，知道了。那麼，下次要再來。

③ 여학생 : **아줌마 , 이 귤 어떻게 해요 ?**

[아줌마 , 이 귤 어떠케 해요 / a jum ma, i gyul eo ddeo ke hae yo]

女學生 : 阿姨，這橘子怎麼賣？

사장님 : **귤 한 상자에 만 원이에요 .**

[귤 한 상자에 마 뉘니에요 / gyul han sang ja e ma nwo ni e yo]

老　闆 : 橘子一箱一萬元。

여학생 : **구천 원에 해 주세요 .**

[구처 뉘네 해 주세요 / gu cheo nwo ne hae ju se yo]

女學生 : 請您算我九千元。

사장님 : **아이구 , 안 돼요 . 그렇게는 안 팔아요 .**

[a i gu, an dwae yo / 그러케는 안 파라요 / geu leo ke neun an pa la yo]

老　闆 : 哎呀，不行。（我）不那麼賣。

④ 여학생 : **（水果＋數量＋量詞）에 얼마예요 ?**

[... e eol ma ye yo]

女學生 : ＿＿＿＿＿＿＿多少錢？

사장님 : **＿＿＿＿＿＿ 원이에요 .**

[... 워니에요 / ... wo ni e yo]

老　闆 : 是＿＿＿＿＿＿元。

여학생 : 좀 싸게 해 주세요 . / 좀 깎아 주세요 .

[jom ssa ge hae ju se yo / 좀 까까 주세요 / jom gga gga ju se yo]

女學生：請算我便宜一點。

사장님 : ＿＿＿＿＿＿＿＿＿＿ .

老闆：＿＿＿＿＿＿＿＿＿＿＿＿＿。

文法重點

「N ＋에」：每＋ N

例如：

이거 한 개에 얼마예요 ? 這個一個多少錢？

수박 두 통에 만 원이에요 . 西瓜兩個一萬元。

사과 세 상자에 오만 원이에요 . 蘋果三箱五萬元。

포도 1(일) 킬로그램에 만 오천 원이에요 . 葡萄 1 公斤一萬五千元。

補充
單字

아저씨 [a jeo ssi] 名 大叔

補充
形容
詞和
動詞

싸다 [ssa da] 形 便宜

비싸다 [bi ssa da] 形 貴

싸게 해 주다 [ssa ge hae ju da] 動 算（給人）便宜；打折

깎아 주다 [까까 주다 / gga gga ju da] 動 算（給人）便宜；打折

팔다 [pal da] 動 賣

19. 운동　運動

▶MP3-091

① **축구** [축꾸 / chuk ggu]
名 足球
動 축구를 하다　踢足球

② **농구** [nong gu]
名 籃球
動 농구를 하다　打籃球

③ **야구** [ya gu]
名 棒球
動 야구를 하다　打棒球

④ **배구** [bae gu]
名 排球
動 배구를 하다　打排球

⑤ **수영** [su yeong]
名 游泳
動 수영을 하다

⑥ **요가** [yo ga]
名 瑜珈
動 요가를 하다　做瑜珈

⑦ **암벽등반** [am byeok deung ban]
名 攀岩
動 암벽등반을 하다

⑧ **테니스** [테니쓰 / te ni sseu]
名 網球
動 테니스를 치다　打網球

⑨ **배드민턴** [bae deu min teon]
名 羽毛球
動 배드민턴을 치다 打羽毛球

⑬ **골프** [gol peu]
名 高爾夫球
動 골프를 치다 打高爾夫球

⑩ **탁구** [탁꾸 / tak ggu]
名 桌球
動 탁구를 치다 打桌球

⑭ **스키** [seu ki]
名 滑雪
動 스키를 타다

⑪ **당구** [dang gu]
名 撞球
動 당구를 치다 打撞球

⑮ **보드** [bo deu]
名 滑板
動 보드를 타다 溜滑板

⑫ **볼링** [bol ling]
名 保齡球
動 볼링을 치다 打保齡球

會話開口說！

① 여학생：무슨 운동을 좋아해요？

▶MP3-092

[무슨 운동을 조아해요 /
mu seun un do ŋeul jo a hae yo]

女學生： （你）喜歡什麼運動？

남학생：저는 축구를 좋아해요．

[저는 축꾸를 조아해요 /
jeo neun ckuk ggu leul jo a hae yo]

男學生： 我喜歡足球。

그런데 잘 못 해요．

[그런데 잘 모 태요 / geu leon de jal mo tae yo]

不過（我）不太會。

② 남학생：요즘 어떤 운동을 해요？

[yo jeum eo ddeon un do ŋeul hae yo]

男學生： （你）最近做哪些運動？

여학생：저는 요즘 테니스를 쳐요．

[저는 요즘 테니쓰를 쳐요 / jeo neun yo jeum te ni sseu leul chyeo yo]

女學生： 我打網球。

③ 남학생：어떤 운동을 할 수 있어요？

[어떤 운동을 할 쑤 이써요 /
eo ddeon un do ŋeul hal ssu i sseo yo]

男學生： （你）會哪些運動？

여학생：저는 암벽등반을 할 수 있어요．

[저는 암벽등바늘 할 쑤 이써요 /
jeo neun am byeok deung ba neul hal ssu i sseo yo]

女學生： 我會攀岩。

남학생：그래요？저는 암벽등반을 못 해요．

[geu lae yo / 저는 암벽등바늘 모 태요 /
jeo neun am byeok deung ba neul mo tae yo]

男學生： 是嗎？我不會攀岩。

④ 여학생 : 어떤 운동을 할 수 있어요 ?

    [어떤 운동을 할 쑤 이써요 /

    eo ddeon un do ŋeul hal ssu i sseo yo]

女學生 : （你）會哪些運動 ？

남학생 : 저는＿＿＿＿＿＿＿＿ .

    [jeo neun ...]

男學生 : 我會 ＿＿＿＿＿＿＿ 。

文法重點

잘＋ v : 很會 ; 好好地 v 。

못＋ v : 不能 ; 不會 ; 沒辦法 v 。

잘 못＋ v : 不太會 v 。

---

v ＋ ㄹ（을）수 있다 : 會 v ？（。）

v ＋ ㄹ（을）수 없다 : 不能 ; 不會 v ？（。）

例如 :

▶MP3-092

잘 보세요 . 請您仔細看 。

못 들었어요 . 我沒聽到了 。

스키를 잘 못 타요 . 不太會滑雪 。

한국어를 할 수 있어요 ? 會講韓語嗎 ?

한국어를 잘 못 해요 . 不太會講韓語 。

배트민턴을 못 쳐요 ? 不會打羽毛球嗎 ?

배트민턴을 칠 수 없어요 . 不會打羽毛球 。

20. 교통수단 交通工具

PART 0　PART 1　PART 2　PART 3　附錄

單字輕鬆學！

▶MP3-093

차 [cha] 車

자동차 [ja dong cha] 汽車

자가용 [ja ga yong] 自用車

기차 [gi cha] 火車

고속기차 [go sok gi cha] 高鐵

시내버스 [시내버쓰 / si nae beo sseu] 市區巴士

시외버스 [시웨버쓰 / si we beo sseu] 客運

셔틀버스 [셔틀버쓰 / syeo teul beo sseu] 接駁車

스쿨버스 [스쿨버쓰 / seu kul beo sseu] 校車

지하철 [ji ha cheol] 地鐵

택시 [택씨 / taek ssi] 計程車

오토바이 [o to ba i] 摩托車

자전거 [ja jeon geo] 腳踏車

헬리콥터 [hel li kop teo] 直升機

비행기 [bi haeng gi] 飛機

배 [bae] 船

會話開口說！

▶MP3-094

① 남학생 : 집에 어떻게 가요 ?
　　　[지베 어떠케 가요 / ji be eo ddeo ke ga yo]
　男學生 : （你）怎麼回家 ？

　여학생 : 시내버스로 가요 .
　　　[시내버쓰로 가요 / si nae beo sseu lo ga yo]
　女學生 : （我）搭市區公車回家。

② 여학생 : 회사에 어떻게 가요 .

　　　　[훼사에 어떠케 가요 / hwe sa e eo ddeo ke ga yo]

女學生 : （你）怎麼去公司？

　南학생 : 자가용으로 가요 .

　　　　[ja ga yo ŋeu lo ga yo]

男學生 : （我）開自用車去。

③ 남학생 : 학교에 뭐 타고 가요 ?

　　　　[학꾜에 뭐 타고 가요 / hak ggyo e mwo ta go ga yo]

男學生 : （你）搭什麼去學校？

　여학생 : 지하철을 타고 가요 ?

　　　　[지하처를 타고 가요 / ji ha cheo leul ta go ga yo]

女學生 : （我）搭地鐵去。

④ 여학생 : 집에 어떻게 가요 ?

　　　　[지베 어떠케 가요 / ji be eo ddeo ke ga yo]

女學生 : （你）怎麼回家？

　남학생 : ＿＿＿＿＿＿ (으) 로 가요 .

　　　　[...(eu) lo ga yo]

男學生 : （我）搭 / 騎＿＿＿＿＿回家。

⑤ 남학생 : 학교에 뭐 타고 가요 ?

　　　　[학꾜에 뭐 타고 가요 / hak ggyo e mwo ta go ga yo]

男學生 : （你）搭什麼去學校？

　여학생 : ＿＿＿＿＿＿ 을 / 를 타고 가요 .

　　　　[...eul / leul ta go ga yo]

女學生 : （我）搭 / 騎＿＿＿＿去。

▸MP3-094

補充 動詞	N 을 / 를 타고 가다 [ta go ga da] 動 搭 N 去

N +（으）로：用 N；以 N

（1）N +으로：名詞最後一個字有收尾音。

例如：자가용으로（以（用）自用車）。

（2）N +로：名詞最後一個字無收尾音，或收尾音為「‐ㄹ」。

例如：「차로」、「지하철로」（以（用）車、以（用）地鐵）。

21. 장소 場所

單字輕鬆學！

▶MP3-095

집 [jip] 家

화장실 [hwa jang sil] 洗手間

욕실 [욕씰 / yok ssil] 浴室

거실 [geo sil] 客廳

방 [bang] 房間

주방 / 부엌 [ju bang / 부억 / bu eok] 廚房

교실 [gyo sil] 教室

학교 [학꾜 / hak ggyo] 學校

도서관 [do seo gwan] 圖書館

회사 [훼사 / hwe sa] 公司

회의실 [훼이실 / hwe i sil] 會議室

휴게실 [hyu ge sil] 休息室

식당 [식땅 / sik ddang] 餐廳

문구점 [mun gu jeom] 文具店

가게 [ga ge] 商店

옷가게 [옫까게 / ot gga ge] 服裝店

빵가게 [bbang ga ge] 麵包店

과일 가게 [gwa il ga ge] 水果店

마트 [ma teu] 大賣場（mart）

슈퍼마켓 [슈퍼마켙 / syu peo ma ket] 超市（super market）

편의점 [펴니점 / pyeo ni jeom] 便利商店

백화점 [배콰점 / bae kwa jeom] 百貨公司

면세점 [myeon se jeom] 免稅店

찜질방 [jjim jil bang] 汗蒸幕

노래방 [no lae bang] KTV

PC 방 [피씨방 / pi ssi bang] 網咖

공원 [go ŋwon] 公園

병원 [byeo ŋwon] 醫院

우체국 [u che guk] 郵局

은행 [eun haeng] 銀行

커피숍 [keo pi syop] 咖啡廳（coffee shop）

미용실 / 헤어숍 [mi yong sil / he eo syop] 美容室（hair shop）

지하철역 [지하철력 / ji ha cheol lyeok] 地鐵站

버스 정류장 [버쓰 정뉴장 / beo sseu jeong nyu jang] 公車站（bus 站）

고속버스 터미널 [고속버쓰 터미널 / go sok beo sseu teo mi neol] 客運站（客運 terminal）

공항 [gong hang] 機場

교회 [교훼 / gyo hwe] 教會

성당 [seong dang] 天主堂

절 [jeol] 佛寺；寺廟

사원 [sa won] 寺院；寺廟

會話開口説！

① **남학생 : 지금 어디에 가요 ?**　▶MP3-096
　　　　　 [ji geum eo di e ga yo]
　男學生 :　（你）現在去哪裡 ?

　여학생 : 마트에 가요 .
　　　　　 [ma teu e ga yo]
　女學生 :　（我）去大賣場。

② **여학생 : 지금 어디에 있어요 ?**
　　　　　 [지금 어디에 이써요 / ji geum eo di e i sseo yo]
　女學生 :　（你）現在在哪裡 ?

　남학생 : 저는 지금 도서관에 있어요 .
　　　　　 [저는 지금 도서과네 이써요 / jeo neun ji geum do seo gwa ne i sseo yo]
　男學生 :　我在圖書館學習。

③ 여학생 : 도서관에서 뭐 해요 ?

[도서과네서 뭐 해요 / do seo gwa ne seo mwo hae yo]

女學生 : （你）在圖書館做什麼 ？

남학생 : 저는 도서관에서 공부해요 .

[저는 도서과네서 공부해요 / jeo neun do seo gwa ne seo gong bu hae yo]

男學生 : 我在圖書館學習 。

④ 여학생 : 지금 어디에 가요 ?

[ji geum eo di e ga yo]

女學生 : （你）現在要去哪裡 ？

남학생 : _____ 에 가요 .

[...e ga yo]

男學生 : （我）去_____ 。

⑤ 여학생 : 지금 어디에 있어요 ?

[지금 어디에 이써요 / ji geum eo di e i sseo yo]

女學生 : （你）現在在哪裡 ？

남학생 : 저는 지금 _____ 에 있어요 .

[저는 지금 ... 에 이써요 / jeo neun ji geum ...e i sseo yo]

男學生 : 我在_____ 。

⑥ 여학생 : _____ 에서 뭐 해요 ?

[...e seo mwo hae yo]

女學生 : （你）在_____做什麼 ？

남학생 : 저는 _____ 에서 _____ .

[jeo neun ...e seo ...]

男學生 : 我在_____ 。

文法重點

「N +에」和「N +에서」的用法」

	N +에	N +에서
N =時間	「N +에」：N +的時候 例如： 한 시에 一點的時候 다음 주에 下個禮拜的時候 * 不加「-에」的詞彙：「오늘」（今天）、「내일」（明天）、「어제」（昨天）等。	「N1 에서／부터+ N2 까지」： 從 N1 +到 N2 例如： 한 시에서 두 시까지 한 시부터 두 시까지 從一點到兩點
N =地點	「N +에 가다／오다」： 往+ N +去（來） 例如： 같이 집에 가요 . 一起回家吧。 왜 한국에 왔어요 ? 為什麼來韓國？	「N +에서」： 從+ N（地點起） 例如： 학교에서 집까지 같이 가요 . 從學校到家一起走吧。 저는 한국에서 왔어요 . 我從韓國來。.
N =地點	「N +에 있다／없다」： （不）在+ N 例如： 저는 학교에 있어요 . 我在學校。 친구가 식당에 없어요 . 朋友不在餐廳。	「N +에서+ V」： 在+ N + V 例如： 저는 학교에서 공부해요 . 我在學校學習。 친구가 식당에서 밥을 먹어요 . 朋友在餐廳吃飯。

時間和地點等詞彙都可以和「-에」或「-에서」搭配。
要注意的是所搭配的助詞不同，會讓意思不一樣喔！

N +에　　　　N +에서

22. 위치 位置

單字輕鬆學！

▸MP3-097

앞 [압 / ap] 前面	위 [wi] 上面	옆 [엽 / yeop] 旁邊	안 [an] 裡面
뒤 [dwi] 後面	아래 / 밑 [a lae / 밑 / mit] 下面	왼쪽 [웬쪽 / wen jjok] 左邊 오른쪽 [o leun jjok] 右邊	밖 [박 / bak] 外面

會話開口說！

① A : 책이 어디에 있어요 ?   ▶ MP3-098

[채기 어디에 이써요 / chae gi eo di e i sseo yo]

A : 書在哪裡 ?

B : (책이) 책상 위에 있어요 .

[(채기) 책쌍 위에 이써요 . / (chae gi) chaek ssang wi e i sseo yo]

B : （書）在桌子上。

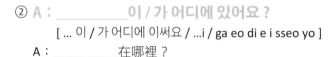

② A : _____이 / 가 어디에 있어요 ?

[... 이 / 가 어디에 이써요 / ...i / ga eo di e i sseo yo]

A : _____在哪裡 ?

B : _____이 / 가_____에 있어요 .

[... 이 / 가 ... 에 이써요 . / ...i / ga ... e i sseo yo]

B : _____在_____。

補充單字		
책상 [책쌍 / chaek ssang] 名 桌子		볼펜 [bol pen] 名 原子筆
의자 [eui ja] 名 椅子		쓰레기통 [sseu le gi tong] 名 垃圾桶
창문 [chang mun] 名 窗戶		선물 상자 [seon mul sang ja] 名 禮物箱子
노트북 [no teu buk] 名 筆電		고양이 [go ya ŋi] 名 貓
책 [chaek] 名 書		나비 [na bi] 名 蝴蝶
연필 [yeon pil] 名 鉛筆		

23. 국가 國家

單字輕鬆學！

▸MP3-099

아시아 [a si a] 亞洲（Aisa）

대한민국 [dae han min guk] 大韓民國；

한국 [han guk] 韓國；

남한 [nam han] 南韓

조선민주주의인민공화국 [조선민주주이인민공화국 /
jo seon min ju ju i in min gong hwa guk] 朝鮮民主主義人民共和國；

북한 [부칸 / bu kan] 北韓

중화민국 [jung hwa min guk] 中華民國；

대만 [dae man] 台灣

중화인민공화국 [jung hwa in min gong hwa guk] 中國人民共和國；

중국 [jung guk] 中國

일본 [il bon] 日本（Japan）

몽골 [mong gol] 蒙古（Mongolia）

네팔 [ne pal] 尼泊爾（Nepal）

인도 [in do] 印度（India）

라오스 [라오쓰 / la o sseu] 寮國（Laos）

미얀마 [mi yan ma] 緬甸（Myanmar）

태국 [tae guk] 泰國（Thailand）

베트남 [be teu nam] 越南（Vietnam）

캄보디아 [kam bo di a] 柬埔寨（Cambodia）

싱가포르 [sing ga po leu] 新加坡（Singapore）

말레이시아 [mal le i si a] 馬來西亞（Malaysia）

필리핀 [pil li pin] 菲律賓（Philippines）

중동 [jung dong] 中東（the Middle East）

아프가니스탄 [a peu ga ni seu tan] 阿富汗（Afghanistan）
이란 [i lan] 伊朗（Iran）
이라크 [i la keu] 伊拉克（Iraq）
시리아 [si li a] 敍利亞（Syria）
터키 [teo ki] 土耳其（Turkey）
이스라엘 [i seu la el] 以色列（Israel）
사우디아라비아 [sa u di a la bi a] 沙特阿拉伯（Saudi Arabia）
아랍에미리트 [a lap e mi li teu] 阿拉伯聯合大公國（United Arab Emirates）

아프리카 [a peu li ka] 非洲（Africa）

이집트 [i jip teu] 埃及（Egypt）
모로코 [mo lo ko] 摩洛哥（Morocco）
수단 [su dan] 蘇丹（Sudan）
케냐 [ke nya] 肯亞（Kenya）
마다가스카르 [ma da ga seu ka leu] 馬達加斯加（Madagascar）
남아프리카공화국 [nam a peu li ka gong hwa guk] 南非州共和國（Republic of South Africa）

유럽 [yu leop] 歐洲（Europe）

그리스 [그리쓰 / geu li sseu] 希臘（Greece）
네덜란드 [ne deol lan deu] 荷蘭（Netherlands）
노르웨이 [no leu we i] 挪威（Norway）
덴마크 [den ma keu] 丹麥（Denmark）
독일 [도길 / do gil] 德國（Germany）
러시아 [leo si a] 俄羅斯（Russia）
벨기에 [bel gi e] 比利時（Belgium）
스웨덴 [seu we den] 瑞典（Sweden）
스위스 [스위쓰 / seu wi sseu] 瑞士（Switzerland）
스페인 [seu pe in] 西班牙（Spain）
아일랜드 [a il laen deu] 愛爾蘭（Ireland）
영국 [yeong guk] 英國（the UK）
오스트리아 [o seu teu li a] 奧地利（Austria）
이탈리아 [i tal li a] 義大利（Italy）
체코 [che ko] 捷克（the Czech Republic）
폴란드 [pol lan deu] 波蘭（Poland）
프랑스 [프랑쓰 / peu lang sseu] 法國（France）
핀란드 [pin lan deu] 芬蘭（Finland）

아메리카 [a me li ka] 美洲（America）

캐나다 [kae na da] 加拿大（Canada）
미국 [mi guk] 美國（the USA）
브라질 [beu la jil] 巴西（Brazil）
칠레 [chil le] 智利（Chile）
아르헨티나 [a leu hen tin a] 阿根廷（the Argentine Republic）
멕시코 [멕씨코 / mek ssi ko] 墨西哥（Mexico）

오세아니아 [o se a ni a] 大洋洲（Oceania）

뉴질랜드 [nyu jil laen deu] 紐西蘭（New Zealand）
호주 [ho ju] 澳洲（Australia）
팔라우 [pal la u] 帛琉（Palau）
피지 [pi ji] 斐濟（Fiji）

會話開口説！

① **여학생 : 어느 나라에서 왔어요 ?**　▸MP3-100
　　　　　[어느 나라에서 와써요 / eo neu na la e seo wa sseo yo]
　女學生 :（你）從哪個國家來？

　남학생 : 저는 한국에서 왔어요 .
　　　　　[저는 한구게서 와써요 / jeo neun han gu ge seo wa seo yo]
　男學生 :　我從韓國來。

② **남학생 : 어느 나라 사람이에요 ?**
　　　　　[어느 나라 사라미에요 / eo neu na la sa la mi e yo]
　男學生 :（你）是哪國人？

　여학생 : 저는 일본 사람이에요 .
　　　　　[저는 일본 사라미에요 / jeo neun il bon sa la mi e yo]
　女學生 :　我是日本人。

③ 외국인 : 한국 사람이에요 ?
　　　　　[한국 사라미에요 / han guk sa la mi e yo]
　外國人 :（你）是韓國人嗎 ?

　여　자 : 네 , 저는 한국 사람이에요 .
　　　　　[네 , 저는 한국 사라미에요 /
　　　　　ne, jeo neun han guk sa la mi e yo]
　女　生 : 是 , 我是韓國人。

④ 여　자 : 미국 사람이에요 ?
　　　　　[미국 사라미에요 / mi guk sa la mi e yo]
　女　生 :（你）是美國人嗎 ?

　외국인 : 아니요 , 저는 미국 사람이 아니에요 .
　　　　　[아니요 , 저는 미국 사라미 아니에요 /
　　　　　a ni yo, jeo neun mi guk sa la mi a ni e yo]
　外國人 : 不 , 我不是美國人。

　　　　　저는 영국 사람이에요 .
　　　　　[저는 영국 사라미에요 / jeo neun yeong guk sa la mi e yo]
　　　　　我是英國人。

⑤ 남학생 : 어느 나라에서 왔어요 ?
　　　　　[어느 나라에서 와써요 / eo neu na la e seo wa sseo yo]
　　　　　男學生 :（你）從哪個國家來 ?

　여학생 : 저는 ＿＿＿＿＿＿ 에서 왔어요 .
　　　　　[저는 ... 에서 와써요 / jeo neun ...e seo wa sseo yo]
　女學生 : 我從＿＿＿＿＿來。

24. 한국 지명과 대만 지명 韓國地名和台灣地名

單字輕鬆學！

▸MP3-101

서울특별시 [서울특뼐시 / seo ul teuk bbyeol si] 首爾特別市
세종특별자치시 [세종특뼐자치시 / se jong teuk bbyeol ja chi si] 世宗特別自治市
제주특별자치도 [제주특뼐자치도 / je ju teuk bbyeol ja chi do] 濟州特別自治道

팔도 [pal do] 八道
경기도 [gyeong gi do] 京畿道
강원도 [ga ŋwon do] 江原道
충청북도 [충청북또 / chung cheong buk ddo] 忠清北道
충청남도 [chung cheong nam do] 忠清南道
전라북도 [절라북또 / jeol la buk ddo] 全羅北道
전라남도 [절라남도 / jeol la nam do] 全羅南道
경상북도 [경상북또 / gyeong sang buk ddo] 慶尚北道
경상남도 [gyeong sang nam do] 慶尚南道

* 조선팔도 朝鮮八道（包含南、北韓二國行政區）

경기도 , 충청도 , 전라도 , 경상도 , 강원도 , 황해도 , 평안도 , 함경도

京畿道、忠清道、全羅道、慶尚道、江原道、黃海道、平安道、咸鏡道

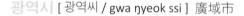

광역시 [광역씨 / gwa ŋyeok ssi] 廣域市
인천 [in cheon] 仁川
대전 [dae jeon] 大田
광주 [gwang ju] 光州
대구 [dae gu] 大邱
울산 [울싼 / ul ssan] 蔚山
부산 [bu san] 釜山

산 [san] 山
백두산 [백뚜산 / baek ddu san] 白頭山
금강산 [geum gang san] 金剛山

한라산 [할라산 / hal la san] 漢拏山
태백산 [태백싼 / tae baek ssan] 太白山
설악산 [서락싼 / seo lak ssan] 雪嶽山
마니산 [ma ni san] 摩尼山
북한산 [부칸산 / bu kan san] 北漢山
인왕산 [이놩산 / i nwang san] 仁王山
남산 [nam san] 南山
무등산 [mu deung san] 無等山
속리산 [송니산 / song ni san] 俗離山
계룡산 [게룡산 / ge lyong san] 雞龍山
지리산 [ji li san] 智異山

섬 [seom] 島
제주도 [je ju do] 濟州島
마라도 [ma la do] 馬羅島
한산도 [han san do] 閑山島
울릉도 [ul leung do] 鬱陵島
독도 [독또 / dok ddo] 獨島
남이섬 [나미섬 / na mi seom] 南怡島
백령도 [뱅녕도 / baeng nyeong do] 白翎島
강화도 [gang hwa do] 江華島
실미도 [sil mi do] 實尾島
월미도 [wol mi do] 月尾島
홍도 [hong do] 紅島
거제도 [geo je do] 巨濟島
동백섬 [동백썸 / dong baek sseom] 冬柏島

PART.0 PART 1 PART 2 PART 3 附錄

타이베이 [ta i bei i] 台北

타오위안 [ta o wi an] 桃園

신베이시 [sin bei i si] 新北市

용허 [yong heo] 永和

중허 [jung heo] 中和

단수이 [dan su i] 淡水

지우펀 [ji u peon] 九份

예류 [ye lyu] 野柳

지룽 [ji lung] 基隆

우라이 [u la i] 烏來

신주 [sin ju] 新竹

이란 [i lan] 宜蘭

화롄 [hwa lyen] 花蓮

르웨탄 [leu we tan] 日月潭

타이중 [ta i jung] 台中

타이난 [ta i nan] 台南

타이둥 [ta i dung] 台東

장화 [jang hwa] 彰化

자이 [ja i] 嘉義

가오슝 [ga o syung] 高雄

컨딩 [keon ding] 墾丁

양명산 [yang myeong san] 陽明山

옥산 [옥싼 / ok ssan] 玉山

아리산 [a li san] 阿里山

뤼다오 [lwi da o] 綠島

진먼 [jin meon] 金門

會話開口說！

① 남학생 : **지금 어디에 살아요 ?**　▸MP3-102

　　　　　[지금 어디에 사라요 / ji geum eo di e sa la yo]

　男學生：（你）現在住哪裡？

여학생 : **저는 지금 서울에 살아요 .**

　　　　　[저는 지금 서우레 사라요 /

　　　　　jeo neun ji geum seo u le sa la yo]

女學生：我住在首爾。

② 남학생 : **예전에 어디에 살았어요 ?**

　　　　　[예저네 어디에 사라써요 / ye jeo ne eo di e sa la sseo yo]

　男學生：（你）之前住哪裡？

여학생 : **저는 예전에 타이베이에 살았어요 .**

　　　　　[저는 예저네 타이베이에 사라써요 / jeo neun ye jeo ne ta i be i e sa la sseo yo]

女學生：我之前住在台北。

③ A : **현빈 씨는 어디에 가고 싶어요 ?**

　　　[현빈 씨는 어디에 가고 시퍼요 /

　　　hyeon bin ssi neun eo di e ga go si peo yo]

A：玄彬先生想去哪裡？

B : **저는 마라도에 가고 싶어요 .**

　　[저는 마라도에 가고 시퍼요 / jeo neun ma la do e ga go si peo yo]

B： 我想去馬羅島。

A : **현빈 씨는 마라도에 가고 싶어해요 .**

　　[현빈 씨는 마라도에 가고 시퍼해요 / hyeon bin ssi neun ma la do e ga go si peo hae yo]

A： 玄彬先生想去馬羅島。

C : **그런데 저는 홍도에 가고 싶어요 .**

　　[그런데 저는 홍도에 가고 시퍼요 / geu leon de jeo neun hong do e ga go si peo yo]

C： 但是我想去紅島。

④ 여학생 ： 지금 어디에 살아요 ?

　　　　　 [지금 어디에 사라요 / ji geum eo di e sa la yo]

　女學生 ： 　（你）現在住哪裡 ?

　남학생 ： 저는 ＿＿＿＿＿＿ 에 살아요 .

　　　　　 [저는 ... 에 사라요 / jeo neun ...e sa la yo]

　男學生 ： 　我住在＿＿＿＿＿＿。

⑤ 여학생 ： ○○ 씨는 어디에 가고 싶어요 ?

　　　　　 [... 씨는 어디에 가고 시퍼요 / ... ssi neun eo di e ga go si peo yo]

　女學生 ： 　○○先生想去哪裡 ?

　남학생 ： 저는 ＿＿＿＿＿＿ 에 가고 싶어요 .

　　　　　 [저는 ... 에 가고 시퍼요 / jeo neun ...e ga go si peo yo]

　男學生 ： 　我想去＿＿＿＿＿＿。

文法重點

「v ＋고 싶다」和「v ＋고 싶어하다」：想要 v。

① v ＋고 싶다	② v ＋고 싶어하다
主詞是第一、二人稱。例如：「나」（我）、「저」（我）、「우리」（我們）、「너」（你）、「당신」（你）等。	主詞是第三人稱。例如：「그 사람」（那個人）、「선생님」（老師）、「ㅇㅇ 씨」（ㅇㅇ 先生；小姐）等。

| 補充
動詞 | 살다 [sal da] 動 居住；活 |

25. 서울 명소와 타이베이 명소　首爾景點和台北景點

單字輕鬆學！

경복궁 [경복꿍 / gyeong bok ggung] 景福宮　　　　　　　　　▶MP3-103

창덕궁 [창덕꿍 / chang deok ggung] 昌德宮

창경궁 [chang gyeong gung] 昌慶宮

덕수궁 [덕쑤궁 / deok ssu gung] 德壽宮

광화문광장 [gwang hwa mun guang jang] 光化門廣場

남대문 [nam dae mun] 南大門

동대문 [dong dae mun] 東大門

청계천 [청게천 / cheong ge cheon] 清溪川

청와대 [cheo ŋwa dae] 青瓦臺

삼청동 [sam cheong dong] 三清洞

인사동 [in sa dong] 仁寺洞

명동 [myeong dong] 明洞

서울역 [서울력 / seo ul lyeok] 首爾站

북촌 한옥 마을 [북촌 하녹 마을 / buk chon ha nok ma eul] 北村韓屋村

남산서울타워 [nam san seo ul ta wo] 南山首爾塔

국립중앙박물관 [궁닙중앙방물관 / gung nip ju ŋang bang mul guan] 國立中央博物館

하늘공원 [ha neul go ŋwon] 藍天公園

한강공원 [han gang go ŋwon] 漢江公園

석촌호수 [seok chon ho su] 石村湖

롯데월드 [롣떼월드 / lot dde wol deu] 樂天世界

101 빌딩 [일공일 빌딩 / il go ŋil bil ding] 101 大樓

중정기념당 [jung jeong gi nyeom dang] 中正紀念堂

국부기념관 [국뿌기념관 / guk bbu gi nyeom gwan] 國父紀念館

고궁박물관 [고궁방물관 / go gung bang mul gwan] 故宮博物館

원산대반점 [won san dae ban jeom] 圓山大飯店

타이베이 아레나 [ta i be i a le na] 台北小巨蛋

사대 야시장 [sa dae ya si jang] 師大夜市

스린 야시장 [seu lin ya si jang] 士林夜市

용산사 [yong san sa] 龍山寺

마오쿵 [ma o kung] 貓空

베이터우 온천 [be i teo u on cheon] 北投溫泉

타이베이 동물원 [타이베이 동무뤈 / ta i be i dong mu lwon] 台北動物園

會話開口說！

① 여학생 : 인사동에 가 봤어요 ? ▶MP3-104

      [인사동에 가 봐써요 / in sa don ŋe ga bwa sseo yo]

女學生 :　（你）去過仁寺洞嗎？

남학생 : 아니요 , 못 가 봤어요 .

      [아니요 , 몯 까 봐써요 / a ni yo, mot gga bwa sseo yo]

男學生 :　不，（我）沒有去過。

여학생 : 한번 가 보세요 . 진짜 재미있어요 .

      [han beon ga bo se yo / 진짜 재미이써요 / jin jja jae mi i sseo yo]

女學生 :　（您）去一次看看，真的有趣。

② 여학생 : 이거 한번 먹어 보세요 .

      [이거 한번 머거 보세요 / i geo han beon meo geo bo se yo]

女學生 :　（請您）吃這個看看。

남학생 : 옛날에 야시장에서 먹어 봤어요 .

      [옌나레 야시장에서 머거 봐써요 / yen na le ya si ja ŋe seo meo geo bwa sseo yo]

男學生 :　（我）以前在夜市有吃過。

③ 남학생 : 여기 와 보세요 . 판다가 너무 귀엽네요 .

[yeo gi wa bo se yo / 판다가 너무 귀엽네요 /
pan da ga neo mu gwi yeom ne yo]

男學生 : 請（您）來這裡看看。熊貓好可愛。

여학생 : 와 ! 진짜 귀여워요 . 동물원에 잘 왔네요 .

[wa / jin jja gwi yeo wo yo / 동무뤄네 잘 완네요 /
dong mu lwo ne jal wan ne yo]

女學生 : 哇 ! 真的好可愛。（我們）動物園真的來對了。

④ 선생님 : ＿＿＿＿＿＿ 에 가 봤어요 ?

[... 에 가 봐써요 / ...e ga bwa sseo yo]

老 師 : （你）去過＿＿＿＿＿嗎 ?

남학생 : 네 , ＿＿＿＿＿ .

[ne, ...]

男學生 : 有 ,＿＿＿＿＿＿。

아니요 , ＿＿＿＿＿ .

[a ni yo, ...]

沒有 ,＿＿＿＿＿。

▸MP3-105

補充 單字	판다 [pan da] 名 熊貓	補充 形容詞	귀엽다 [귀엽따 / gwi yeop dda] 形 可愛

文法重點

V +아/어/여보다」和「V +아/어/여봤다」

現在時態的「V +아/어/여 보다」表示提議或建議；「請您 V 看看」。

過去時態的「V +아/어/여 봤다」表示過去的經驗；「曾經 V 過」。

例如： ▸MP3-105

가요. 去。

갔어요. 去了。

가 보세요. 請您去看看。

가 봤어요. （之前）去過。

文法重點

「V/A +네요.」：V/A 耶。

表達語氣上的「感嘆、驚訝、了解」等意思。

例如： ▸MP3-105

비가 와요. 下雨。

비가 왔어요. 下雨了。

비가 오네요. 在下雨耶。

비가 왔네요. （剛才）下雨了耶。

1. 유용한 동사　有用的動詞

單字輕鬆學！

가다 → 가요 [ga yo] 走；去　　　　　　　　　　　　　　▶MP3-106

오다 → 와요 [wa yo] 來

나가다 → 나가요 [na ga yo] 出去

나오다 → 나와요 [na wa yo] 出來

들어가다 → 들어가요 [드러가요 / deu leo ga yo] 進去

들어오다 → 들어와요 [드러와요 / deu leo wa yo] 進來

걸어가다 → 걸어가요 [거러가요 / geo leo ga yo] 走過去；走路

걸어오다 → 걸어와요 [거러와요 / geo leo wa yo] 走過來

뛰다 → 뛰어요 [ddwi eo yo] 跑步；跳動

뛰어가다 → 뛰어가요 [ddwi eo ga yo] 跑過去

뛰어오다 → 뛰어와요 [ddwi eo wa yo] 跑過來

달리다 → 달려요 [dal lyeo yo] 跑步

달려가다 → 달려가요 [dal lyeo ga yo] 跑過去

달려오다 → 달려와요 [dal lyeo wa yo] 跑過來

타다 → 타요 [ta yo] 搭乘

타고 가다 → 타고 가요 [ta go ga yo] 搭（車）去

타고 오다 → 타고 와요 [ta go wa yo] 搭（車）來

내리다 → 내려요 [nae lyeo yo] 下（車）

내려가다 → 내려가요 [nae lyeo ga yo] 下去

내려오다 → 내려와요 [nae lyeo wa yo] 下來

* 오르다 → 올라요 [ol la yo] 上；升

올라가다 → 올라가요 [ol la ga yo] 上去

올라오다 → 올라와요 [ol la wa yo] 上來

똑바로 가다 → 똑바로 가요 [똑빠로 가요 / ddok bba lo ga yo] 直走

쭉 가다 → 쭉 가요 [jjuk ga yo] 直走；繼續走

보다 → 봐요 [bwa yo] 看

* 듣다 → 들어요 [드러요 / deu leo yo] 聽

* 묻다 → 물어요 [무러요 / mu leo yo] 問

말하다 → 말해요 [mal hae yo] 説

* 말씀하다 → 말씀하세요 [mal sseum ha se yo] 説（「말하다」的敬語）

이야기하다 → 이야기해요 [i ya gi hae yo] 講；聊天

읽다 → 읽어요 [일거요 / il geo yo] 朗讀；看

* 쓰다 → 써요 [sseo yo] 寫；苦

적다 → 적어요 [저거요 / jeo geo yo] 寫；記

공부하다 → 공부해요 [gong bu hae yo] 學習

배우다 → 배워요 [bae wo yo] 學習

좋아하다 → 좋아해요 [조아해요 / jo a hae yo] 喜歡

싫어하다 → 싫어해요 [시러해요 / si leo hae yo] 不喜歡；討厭

신나다 → 신나요 [sin na yo] 開心；興奮

화나다 → 화나요 [hwa na yo] 生氣

짜증나다 → 짜증나요 [jja jeung na yo] 煩

사랑하다 → 사랑해요 [sa lang hae yo] 愛

결혼하다 → 결혼해요 [gyeol hon hae yo] 結婚

감사하다 → 감사해요 [gam sa hae yo] 感謝

사다 → 사요 [sa yo] 買

주다 → 줘요 [jwo yo] 給；送

사주다 → 사줘요 [sa jwo yo] 買（東西）給人

먹다 → 먹어요 [머거요 / meo geo yo] 吃

마시다 → 마셔요 [ma syeo yo] 喝

* 드시다 → 드세요 [deu se yo] 吃；喝（「먹다」和「마시다」的敬語）

* 잡수다 → 잡수세요 [잡쑤세요 / jap ssu se yo] 吃（「먹다」的敬語）

일어나다 → 일어나요 [이러나요 / i leo na yo] 起來

자다 → 자요 [ja yo] 睡覺

* 주무시다 → 주무세요 [ju mu se yo] 睡覺（「자다」的敬語）

앉다 → 앉아요 [안자요 / an ja yo] 坐

쉬다 → 쉬어요 [swi eo yo] 休息

기다리다 → 기다려요 [gi da lyeo yo] 等待

늦다 → 늦어요 [느저요 / neu jeo yo] 遲到；晚

만나다 → 만나요 [man na yo] 見面

* 뵈다 → 봬요 [bwae yo] 拜見；探望（「보다」的敬語）

놀다 → 놀아요 [노라요 / no la yo] 玩

웃다 → 웃어요 [우서요 / u seo yo] 笑

웃기다 → 웃겨요 [욷껴요 / ut ggyeo yo] 好笑；搞笑

사진을 찍다 → 사진을 찍어요 [사지늘 찌거요 / sa ji neul jji geo yo] 拍照

노래하다 → 노래해요 [no lae hae yo] 唱歌

게임하다 → 게임해요 [ge im hae yo] 玩電動

운동하다 → 운동해요 [un dong hae yo] 運動

일하다 → 일해요 [il hae yo] 做工作

휴가를 내다 → 휴가를 내요 [hyu ga leul nae yo] 請假

회의하다 → 회의해요 [훼이해요 / hwe i hae yo] 開會

출근하다 → 출근해요 [chul geun hae yo] 上班

퇴근하다 → 퇴근해요 [twe geun hae yo] 下班

야근하다 → 야근해요 [ya geun hae yo] 加班

전화하다 → 전화해요 [jeon hwa hae yo] 打電話

인터넷을 하다 → 인터넷을 해요 [인터네슬 해요 / in teo ne seul hae yo] 上網

인터넷을 검색하다 → 인터넷을 검색해요

[인터네슬 검새캐요 / in teo ne seul geom sea kae yo] 上網搜尋

文法重點

　　韓語的「動詞」的基本型（語幹＋다），不能直接使用在口語上。說話的時候，動詞的「語幹」後面必須要加上「時態語尾助詞」，如「- 아 / 어 / 여요」或「- 았 / 었 / 였어요」，或是加上「語氣助詞」，如「- 네요」或「- 지요」等。

會話開口說！

① 남학생：지금 뭐 해요 ？　▶MP3-107
　　　　[ji geum mwo hae yo]
男學生：　（你）現在在做什麼？

여학생：음악을 들어요 .
　　　　[으마글 드러요 / eu ma geul deu leo yo]
女學生：　（我）正在聽音樂。

② 남학생：누구하고 음악을 들어요 ？
　　　　[누구하고 으마글 드러요 / nu gu ha go eu ma geul deu leo yo]
男學生：　（你）和誰聽音樂？

여학생：친구하고 같이 음악을 들어요 .
　　　　[친구하고 가치 으마글 드러요 / chin gu ha go ga chi eu ma geul deu leo yo]
女學生：　（我）和朋友一起聽音樂。

③ 남학생：어디에서 음악을 들어요 ？
　　　　[어디에서 으마글 드러요 / eo di e seo eu ma geul deu leo yo]
男學生：　（你）在哪裡聽音樂？

여학생：휴게실에서 음악을 들어요 .
　　　　[휴게시레서 으마글 드러요 / hyu ge si le seo eu ma geul deu leo yo]
女學生：　（我）在休息室聽音樂。

④ 남학생：지금 뭐 해요 ？
　　　　[ji geum mwo hae yo]
男學生：　（你）現在在做什麼？

여학생：지금 ＿＿＿＿＿＿＿＿ .
　　　　[ji geum ...]
女學生：　（我）正在＿＿＿＿＿。

남학생：누구하고 ＿＿＿＿＿＿ ？
　　　　[nu gu ha go ...]
男學生：　（你）和誰＿＿＿＿＿？

여학생 : _____ 하고 같이 _____ .

[... 하고 가치 ... / ... ha go ga chi...]

女學生 : （我）和_____一起_____。

남학생 : 어디에서 _____ ?

[eo di e seo ...]

男學生 : （你）在哪裡_____ ?

여학생 : _____ 에서 _____ .

[...eo seo ...]

女學生 : （我）在（地點）_____。

「ㄷ」不規則

　　動詞語幹最後一個字的收尾音為「ㄷ」，而且語尾為母音開頭（例如「-아 / 어 / 으」）時，語幹的母音「ㄷ」會脫落、變形。但如果語尾不是母音開頭（例如「-습니다」、「-지요」等）時，「語幹」就不會變形。例如：

듣다 (듣습니다 / 들어요) 聽　　　　　　　▶MP3-107
묻다 (묻습니다 / 물어요) 問

▶MP3-107

補充單字　음악 [으막 / eu mak] 名 音樂

2. 유용한 형용사 有用的形容詞

單字輕鬆學！

* 어떻다 → 어때요 [eo ddae yo] 怎麼樣　　　　　　　　　　　　　▶MP3-108
* 이렇다 → 이래요 [i lae yo] 這樣
* 저렇다 → 저래요 [jeo lae yo] 那樣
* 그렇다 → 그래요 [geu lae yo] 那樣；好；是的

좋다 → 좋아요 [조아요 / jo a yo] 好；喜歡

싫다 → 싫어요 [시러요 / si leo yo] 不喜歡；討厭

* 기쁘다 → 기뻐요 [gi bbeo yo] 開心；愉快

* 즐겁다 → 즐거워요 [jeul geo wo yo] 愉快

행복하다 → 행복해요 [행보캐요 / haeng bo kae yo] 幸福

* 고맙다 → 고마워요 [go ma wo yo] 謝謝

신기하다 → 신기해요 [sin gi hae yo] 神奇

이상하다 → 이상해요 [i sang hae yo] 奇怪

똑똑하다 → 똑똑해요 [똑또캐요 / ddok ddo kae yo] 聰明

멍청하다 → 멍청해요 [meong cheong hae yo] 笨

착하다 → 착해요 [차캐요 / cha kae yo] 善良

* 나쁘다 → 나빠요 [na bba yo] 壞

* 예쁘다 → 예뻐요 [yeo beo yo] 漂亮

* 귀엽다 → 귀여워요 [gwi yeo wo yo] 可愛

잘생겼다 → 잘생겼어요 [잘쌩겨써요 / jal ssaeng gyeo sseo yo] 長得不錯

못생겼다 → 못생겼어요 [못쌩겨써요 / mot ssaeng gyeo sseo yo] 長得難看

멋있다 → 멋있어요 [머시써요 / meo si sseo yo] 帥

재미있다 → 재미있어요 [재미이써요 / jae mi i sseo yo] 好玩

재미없다 → 재미없어요 [재미업써요 / jae mi eop sseo yo] 不好玩

맛있다 → 맛있어요 [마시써요 / ma si sseo yo] 好吃

맛 없다 → 맛 없어요 [마 덥써요 / ma deop sseo yo] 不好吃

필요하다 → 필요해요 [피료해요 / pi lyo hae yo] 需要

필요 없다 → 필요 없어요 [피료 업써요 / pi lyo eop sseo yo] 不需要

* 크다 → 커요 [keo yo] 高；大

작다 → 작아요 [자가요 / ja ga yo] 矮；小

많다 → 많아요 [마나요 / ma na yo] 多

적다 → 적어요 [저거요 / jeo geo yo] 少

* 빠르다 → 빨라요 [bbal la yo] 快

느리다 → 느려요 [neu lyeo yo] 慢

* 쉽다 → 쉬워요 [swi wo yo] 容易

* 어렵다 → 어려워요 [eo lyeo wo yo] 難

조용하다 → 조용해요 [jo yong hae yo] 很安靜

* 시끄럽다 → 시끄러워요 [si ggeu leo wo yo] 很吵

비슷하다 → 비슷해요 [비스태요 / bi seu tae yo] 差不多

같다 → 같아요 [가타요 / ga ta yo] 一樣

* 다르다 → 달라요 [dal la yo] 不一樣

---

* 배가 고프다 → 배가 고파요 [bae ga go pa yo] 肚子餓

* 배가 부르다 → 배가 불러요 [bae ga bul leo yo] 吃飽

졸리다 → 졸려요 [jol lyeo yo] 睏

한가하다 → 한가해요 [han ga hae yo] 空閒

* 바쁘다 → 바빠요 [ba bba yo] 很忙

피곤하다 → 피곤해요 [pi gon hae yo] 累；疲勞

힘들다 → 힘들어요 [힘드러요 / him deu leo yo] 累；吃力

편리하다 → 편리해요 [펼리해요 / pyeol li hae yo] 方便

편하다 → 편해요 [pyeon hae yo] 舒服；方便

불편하다 → 불편해요 [bul pyeon hae yo] 不舒服；不方便

* 무섭다 → 무서워요 [mu seo wo yo] 可怕

* 간지럽다 → 간지러워요 [gan ji leo wo yo] 癢

* 아프다 → 아파요 [a pa yo] 疼

건강하다 → 건강해요 [geon gang hae yo] 健康

따뜻하다 → 따뜻해요 [따뜨태요 / dda ddeu tae yo] 溫暖

시원하다 → 시원해요 [si won hae yo] 涼爽；舒服

* 덥다 → 더워요 [deo wo yo] 熱

* 춥다 → 추워요 [chu wo yo] 冷

* 뜨겁다 → 뜨거워요 [ddeu geo wo yo] 燙

* 차갑다 → 차가워요 [cha ga wo yo] 冰冷；冰

---

* 맵다 → 매워요 [mae wo yo] 辣

짜다 → 짜요 [jja yo] 鹹

시다 → 셔요 [syeo yo] 酸

달다 → 달아요 [다라요 / da la yo] 甜

* 쓰다 → 써요 [sseo yo] 苦；寫

떫다 → 떫어요 [ddeol beo yo] 澀

* 싱겁다 → 싱거워요 [sing geo wo yo] 淡

담백하다 → 담백해요 [담배캐요 / dam bae kae yo] 清淡

고소하다 → 고소해요 [go so hae yo] 香噴噴

文法重點

　　原則上，韓語的形容詞的「語幹」後面必須加「時態語尾助詞」，但以下的情況，可以直接使用形容詞的「基本型」。

（1）平輩之間的對話。
　　　例如：이거 진짜 맛있다 . (這個真好吃。)

（2）表達「感嘆」或「驚訝」。
　　　例如：와 ! 진짜 맛있다 ! (哇！真好吃！)

（3）書面用語。
　　　例如：한국 음식은 진짜 맛있다 . (韓國菜真好吃。)

會話開口説！

① 남학생 : 김치가 맵지요 ?　　　　　▸**MP3-109**

　　　　[김치가 맵찌요 / gim chi ga maep jji yo]

　男學生 :　泡菜很辣吧 ?

　외국여자 : 네 , 조금 매워요 .

　　　　[ne, jo geum mae wo yo]

　外國女生 : 是 , 有點辣。

② 남학생 : 오늘 날씨가 춥지요 ?

　　　　[오늘 날씨가 춥찌요 / o neul nal ssi ga chup jji yo]

　男學生 :　今天天氣很冷吧 ?

　여학생 : 네 , 좀 추워요 .

　　　　[ne, jom chu wo yo]

　女學生 :　是 , 有一點冷。

③ 여학생 : 피곤하지요 ?

　　　　[pi gon ha ji yo]

　女學生 :　（你）很累吧 ?

　남학생 : 네 , 너무 피곤해요 .

　　　　[ne, neo mu pi gon hae yo]

　男學生 :　是 ,（我）太累了。

④ 남학생 : 오늘 기분이 어때요 ?

　　　　[오늘 기부니 어때요 / o neul gi bu ni eo ddae yo]

　男學生 :　（你）今天心情怎麼樣 ?

　여학생 : 오늘 시험을 잘 봤어요 .

　　　　[오늘 시허믈 잘 봐써요 / o neul si heo meul jal bwa sseo yo]

　女學生 :　（我）今天考試考得很好。

　그래서 기분이 너무 좋아요 .

　[그래서 기부니 너무 조아요 / geu lae seo gi bu ni neo mu jo a yo]

　所以（我）心情非常好。

⑤ 선생님 : 오늘 기분이 어때요 ?

　　　　[오늘 기부니 어때요 / o neul gi bu ni eo ddae yo]

老師 :　　（你）今天心情怎麼樣 ?

여학생 : 오늘 _____ .

　　　　[o neul ...]

女學生 : 今天_____ 。

그래서 _____ .

[geu lae ...]

所以_____ 。

文法重點

疑問句的「V / A ＋지요 ?」	陳述句的「V / A ＋지요 .」
用來「確認事情」或「期待對方的認同」時使用。例如： 맛있지요 ? 好吃吧 ? 예쁘지요 ? 漂亮吧 ? 지금 공부하지요 ? 現在學習吧 ?	「表達理所當然的事情」或「強調某事」時使用。例如： 맛있지요 .（當然）好吃啊。 예쁘지요 .（當然）漂亮啊。 지금 공부하지요 . （當然）現在學習啊。

「ㅎ」不規則

　　　動詞或形容詞的語幹最後一個字的收尾音為「ㅎ」，而且語尾為母音開頭（例如「- 아 / 어 / 으」）時，語幹的母音「ㅎ」會脫落、變形。但如果語尾不是母音開頭（例如「- 습니다」、「- 지요」等）時，「語幹」就不會變形。例如：

어떻다 (어떻습니까 ? / 어때요 ?) 怎麼樣 ?　　　　▸**MP3-109**

이렇다 (이렇습니다 / 이래요) 這樣

저렇다 (저렇습니다 / 저래요) 那樣

그렇다 (그렇습니다 / 그래요) 那樣；好；是的

「ㅡ」不規則

動詞或形容詞的語幹最後一個字的母音為「ㅡ」，而且語尾為母音開頭（例如「-아 / 어」）時，語幹的母音「ㅡ」就會脫落、變形。但如果語尾不是母音開頭（例如「-ㅂ니다」、「-네요」、「-지요」等）時，「語幹」就不會變形。例如：

기쁘다 (기쁩니다 / 기뻐요) 開心；愉快　　　　　　　▸MP3-109

나쁘다 (나쁩니다 / 나빠요) 壞

예쁘다 (예쁩니다 / 예뻐요) 漂亮

크다 (큽니다 / 커요) 高；大

배가 고프다 (배가 고픕니다 / 배가 고파요) 肚子餓

바쁘다 (바쁩니다 / 바빠요) 很忙

아프다 (아픕니다 / 아파요) 疼

쓰다 (씁니다 / 써요) 苦；

「르」不規則

動詞或形容詞的語幹最後一個字為「르」，而且語尾為母音開頭（例如「-아 / 어」）時，語幹的母音「르」會脫落、變形。但如果語尾不是母音開頭（例如「-ㅂ니다」、「-네요」、「-지요」等）時，「語幹」就不會變形。例如：

고르다 (고릅니다 / 골라요) 挑選

오르다 (오릅니다 / 올라요) 上；升

모르다 (모릅니다 / 몰라요) 不知道

빠르다 (빠릅니다 / 빨라요) 快

다르다 (다릅니다 / 달라요) 不一樣

배가 부르다 (배가 부릅니다 / 배가 불러요) 吃飽

▸MP3-109

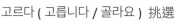

補充單字	날씨 [nal ssi] 名 天氣
	기분 [gi bun] 名 心情
	시험 [si heom] 名 考試

| 補充形容詞 | 시험을 보다 |
| | [시허믈 보다 / si heo meul bo da] 動 考試 |

3. 일기 쓰기 寫日記

會話開口說！

❶ 현빈 씨의 일기를 보세요. 請看看玄彬的日記。

▶MP3-110

오늘은 아침 일곱 시에 일어났어요.
[오느른 아침 일곱 씨에 이러나써요 / o neu leun a chim il gop ssi e i leo na sseo yo]
今天早上七點起床。

저는 아침에 빵하고 커피를 먹었어요.
[저는 아치메 빵하고 커피를 머거써요 / jeo neun a chi me bbang ha go keo pi leul meo geo sseo yo]
我早上吃了麵包和咖啡。

커피가 조금 달았어요.
[커피가 조금 다라써요 / keo pi ga jo geum da la sseo yo]
咖啡有點甜。

저는 여덟 시 반에 회사에 갔어요.
[저는 여덜 씨 바네 훼사에 가써요 / jeo neun yeo deol ssi ba ne hwe sa e ga sseo yo]
我八點半去公司。

오전 열 시부터 열한 시까지 회의가 있었어요.
[오전 열 씨부터 열한 시까지 훼이가 이써써요 / o jeon yeol ssi bu teo yeol han si gga ji hwe i ga i sseo sseo yo]
（我）從早上十點到十一點有會議。

저는 열두 시 반쯤 동료하고 같이 점심을 먹었어요.
[저는 열뚜 시 반쯤 동뇨하고 가치 점시믈 머거써요 / jeo neun yeol ddu si ban jjeum dong nyo ha go ga chi jeom si meul meo geo sseo yo]
我十二點左右和同事一起吃了午餐。

그리고 두 시에 고객에게 전화를 했어요.
[그리고 두 시에 고개게게 전화를 해써요 / geu li go du si e go gae ge ge jeon hwa leul hae sseo yo]
然後（我）兩點給顧客打電話。

오후에는 일이 너무 많았어요.
[오후에는 이리 너무 마나써요 / o hu e neun i li neo mu ma na sseo yo]
下午有太多事。

그래서 좀 힘들었어요.
[그래서 좀 힘드러써요 / geu lae seo jom him deu leo sseo yo]
所以（我）太累了。

저는 여섯 시에 퇴근했어요 .
[저는 여섯 씨에 퉤근해써요 / jeo neun yeo seo ssi e twe geun hae sseo yo]
我六點下班了。

그리고 버스를 탔어요 .
[그리고 버쓰를 타써요 / geu li go beo sseu leul ta sseo yo]
然後（我）搭上公車。

저는 저녁 일곱 시 십오 분쯤 집에 왔어요 .
[저는 저녁 일곱 씨 시보 분쯤 지베 와써요 / jeo neun jeo nyeok il gop ssi si bo bun jjeum ji be wa sseo yo]
我七點十五分左右回到了家。

저는 얼굴하고 손을 씻었어요 .
[저는 얼굴하고 소늘 씨서써요 / jeo neun eol gul ha go so neul ssi seo sseo yo]
我洗了臉和手。

그리고 혼자 저녁을 먹었어요 .
[그리고 혼자 저녀글 머거써요 / geu li go hon ja jeo nyeo geul meo geo sseo yo]
然後（我）一個人吃了飯。

저는 지금 음악을 듣고 있어요 .
[저는 지금 으마글 듣꼬 이써요 / jeo neun ji geum eu ma geul deut ggo i sseo yo]
我正在聽音樂。

저는 삼십 분 정도 쉴 거예요 .
[저는 삼십 뿐 정도 쉴 꺼예요 / jeo neun sam sip bbun jeong do swil ggeo ye yo]
我要休息三十分左右。

그리고 열 시쯤 잘 거예요 .
[그리고 열 씨쯤 잘 꺼예요 / geu li go yeol ssi jjeom jal ggeo ye yo]
然後（我）差不多十點要睡。

내일은 아침 일찍 회의가 있어요 .
[내이른 아침 일찍 훼이가 이써요 / nae i leun a chim il jjik hwe i ga i sseo yo]
明天早上很早（我）有會議。

그래서 내일 일찍 일어날 거예요 .
[그래서 내일 일찍 이러날 꺼예요 / geu lae seo nae il il jjik i leo nal ggeo ye yo]
所以明天（我）要早點起床。

❷ 여러분 , 한국어로 일기를 해 보세요 . 請各位試著用韓語寫日記。

《非格式體》

現在時態	過去時態	未來時態
V / A +아 / 어 / 여요 ?(.)	V / A +았 / 었 / 였어요 ?(.)	V / A +ㄹ (을) 거예요 ?(.)

오늘은 _____ 에 일어났어요 .

[오느른 ... 에 이러나써요 / o neu leun ... e i leo na sseo yo]
今天早上_____點_____分起床。

저는 아침에 _____ 하고 _____ 을 / 를 먹었어요 .

[저는 아치메 ... 하고 ... 을 / 를 머거써요 / jeo neun a chi me ... ha go ... eul / leul meo geo sseo yo]
我早上吃了_____和_____。

_____ 이 / 가 조금 _____ (A +았 / 었 / 였어요) .

[... i / ga jo geum ...]
_____有一點（A）_____。

저는 _____ 에 _____ 에 갔어요 .

[저는 ... 에 ... 에 가써요 / jeo neun ... e ... e ga sseo yo]
我_____點_____分去_____。

오전 _____ 부터 _____ 까지 _____ (V +았 / 었 / 였어요).

[o jeon ... bu teo ... gga ji ...]
（我）從_____點_____分到_____點_____分（V）_____。

저는 _____ 쯤 _____ 하고 같이 점심을 먹었어요 .

[저는 ... 쯤 ... 하고 가치 점시믈 머거써요 / jeo neun ... jjeum ... ha go ga chi jeom si meul meo geo sseo yo]
我_____點_____分左右和_____一起吃了午餐。

그리고 _____ 에 _____ (V +았 / 었 / 였어요).

[geu li go ... e ...]
然後（我）_____點（V）_____。

오후에는 _____ (V + 았 / 었 / 였어요).

[o hu e neun ...]
下午（我）（V）_____了。

그래서 좀 _____ (V / A + 았 / 었 / 였어요).

[geu lae seo jom ...]
所以（我）有點（V / A）_____。

저는 _____ 에 _____ (V / A + 았 / 었 / 였어요).

[jeo neun ... e ...]
我_____點_____分（V / A）_____。

그리고 _____ 을 / 를 탔어요 .

[그리고 ... 을 / 를 타써요 / geu li go ... eul / leul ta sseo yo]
然後（我）搭上了_____。

저는 저녁 _____ 쯤 집에 왔어요 .

[저는 저녁 ... 쯤 지베 와써요 / jeo neun jeo nyeok ... jjeum ji be wa sseo yo]
我晚上_____點_____分左右回家了。

저는 _____ (V + 았 / 었 / 였어요).

[jeo neun ...]
我（V）_____。

그리고 _____ (V + 았 / 었 / 였어요).

[geu li go ...]
然後（V）_____。

저는 지금 _____ (V + 고 있어요) .

[저는 지금 ... 고 이써요 / jeo neun ji geum ... go i sseo yo]
我現在正在（V）_____。

저는 _____ (V + ㄹ / 을 거예요).

[저는 ... / jeo neun ...]
我要（V）_____。

그리고 _____쯤 잘 거예요 .

[그리고 ... 쯤 잘 꺼예요 / geu li go ... jjeum jal ggeo ye yo]
然後（我）差不多_____點_____分要睡。

내일은 _____ (V + ㄹ / 을 거예요).

[내이른 ... / nae i leun ...]
（我）明天要（V）_____。

그래서 내일 _____ (V + ㄹ / 을 거예요).

[geu lae seo nae il ...]
所以明天會（V）_____。

4. 자기소개 自我介紹

❶ 미치코의 자기소개를 들어보세요 . 請聽聽美智子的自我介紹。 ▸MP3-111

안녕하십니까 .
[안녕하심니까 / an nyeong ha sim ni gga]
您好。

만나서 반갑습니다 .
[만나서 반갑씀니다 / man na seo ban gap sseum ni da]
很高興見到您。

저는 미치코입니다 .
[저는 미치코임니다 / jeo neun mi chi ko im ni da]
我是美智子。

저는 회사원입니다 .
[저는 훼사워님니다 / jeo neun hwe sa wo nim ni da]
我是上班族。

저는 일본에서 왔습니다 .
[저는 일보네서 왇씀니다 / jeo neun il bo ne seo wat sseum ni da]
我從日本來。

제 가족은 아빠 , 엄마 , 그리고 저 , 모두 세 명입니다 .
[제 가조근 아빠 , 엄마 , 그리고 저 , 모두 세 명임니다 / je ga jo geun a bba, eom ma, geu li go jeo,
mo du se myeo ŋim ni da]
我的家人有爸爸、媽媽和我，共有三個人。

저는 소 띠입니다 .
[저는 소 띠임니다 / jeo neun so ddi im ni da]
我屬牛。

저는 올해 스물 한 살입니다 .
[저는 올해 스물 한 사림니다 / jeo neun ol hae seu mul han sa lim ni da]
我今年二十一歲。

제 별자리는 사자자리입니다 .
[제 별짜리는 사자자리임니다 / je byeol jja li neun sa ja ja li im ni da]
我的星座是獅子座。

제 생일은 팔월 구일입니다 .
[제 생이른 파뤌 구이림니다 / je sae ŋi leun pa lweol gu i lim ni da]
我的生日是八月九日。

그래서 저는 여름을 제일 좋아합니다 .
[그래서 저는 여르믈 제일 조아함니다 / geu lae seo jeo neun yeo leu meul je il jo a ham ni da]
所以我最喜歡夏天。

저는 한국 음악을 좋아합니다 .
[저는 한국 으마글 조아함니다 / jeo neun han guk eu ma geul jo a ham ni da]
我喜歡韓國音樂。

저는 한국 가수 중에서 〝소녀시대〞를 제일 좋아합니다 .
[저는 한국 가수 중에서 소녀시대를 제일 조아함니다 / jeo neun han guk gas u ju ŋe seo so nyeo si dae leul je il jo a ham ni da]
我在韓國歌手當中最喜歡「少女時代」。

그리고 한국 영화도 좋아합니다 .
[그리고 한국 영화도 조아함니다 / geu li go han guk yeong hwa do jo a ham ni da]
而且也韓國電影喜歡。

저는 김기덕 감독의 영화를 가끔 봅니다 .
[저는 김기덕 감도게 영화를 가끔 봄니다 / jeo neun gim gi deok gam do ge yeong hwa leul ga ggeum bom ni da]
我偶爾看金基德導演的電影。

그리고 저는 등산을 너무 좋아합니다 .
[그리고 저는 등사늘 너무 조아함니다 / geu li go jeo neun deung sa neul neo mu jo a ham ni da]
還有我很喜歡爬山。

저는 주말에 보통 친구들하고 같이 등산을 합니다 .
[저는 주미레 보통 친구들하고 가치 등사늘 함니다 / jeo neun ju ma le bo tong chin gu deul ha go ga chi deung sa neul ham ni da]
我週末時，通常和朋友一起爬山。

그리고 저는 보라색을 좋아합니다 .
[그리고 저는 보라새글 조아함니다 / geu li go jeo neun bo la sae geul jo a ham ni da]
還有我喜歡紫色。

그래서 보라색 옷을 자주 입습니다 .
[그래서 보라색 오슬 자주 입씀니다 / geu lae seo bo la saek o seul ja ju ip sseum ni da]
所以我常穿紫色衣服。

저는 지금 서울 강남에 살고 있습니다 .
[저는 지금 서울 강나메 살고 이씀니다 / jeo neun ji geum seo ul gang na me sal go i sseum ni da]
我現在住在首爾江南。

저는 보통 회사에 버스를 타고 갑니다 .
[저는 보통 훼사에 버쓰를 타고 감니다 / jeo neun bo tong hwe sa e beo sseu leul ta go gam ni da]
我通常搭公車去公司。

다음 주에 한강 공원에서 소녀시대 콘서트가 있습니다 .
[다음 주에 한강 공워네서 소녀시대 콘써트가 이씀니다 / da eum ju e han gang go ŋwo ne seo so nyeo si dae kon sseo teu ga i sseum ni da]
下個禮拜在漢江公園有「少女時代」的演唱會。

저는 다음 주에 소녀시대 콘서트에 갈 겁니다 .
[저는 다음 주에 소녀시대 콘써트에 갈 껌니다 / jeo neun da eum ju e so nyeo si dae kon sseo teu e gal ggeom ni da]
我下個禮拜要去「少女時代」的演唱會。

저는 콘서트 표 두 장이 있습니다 .
[저는 콘써트 표 두 장이 이씀니다 / jeo neun kon sseo teu pyo du ja ŋi i sseum ni da]
我有兩張演唱會票。

저와 같이 콘서트에 가고 싶습니까 ?
[저와 가치 콘써트에 가고 십씀니까 / jeo wa ga chi kon sseo teu e ga go sip sseum ni gga]
想要和我一起去演唱會嗎 ?

여기에 제 연락처가 있습니다 .
[여기에 제 열락처가 읻씀니다 / yeo gi e je yeol lak cheo ga it sseum ni da]
這裡有我的聯絡電話。

그럼 , 전화 기다리겠습니다 .
[그럼 , 전화 기다리겓씀니다 / geu leom, jeon hwa gi da li get sseum ni da]
那麼我等您的電話。

감사합니다 .
[감사함니다 / gam sa ham ni da]
謝謝。

❷ 여러분 , 한국어로 자기소개를 해 보세요 . 請各位試著用韓語自我介紹。

《格式體》

現在時態	過去時態	未來時態
V / A ＋ㅂ / 습니까 ? V / A ＋ㅂ / 습니다 . N ＋입니까 ? N ＋입니다 .	V / A ＋았 / 었 / 였습니까 ? V / A ＋았 / 었 / 였습니다 .	V / A ＋ㄹ (을) 겁니까 ? V / A ＋ㄹ (을) 겁니다 . V / A ＋겠습니까 ? V / A ＋겠습니다 .

안녕하십니까 .

[안녕하심니까 / an nyeong ha sim ni gga]
您好。

만나서 반갑습니다 .

[만나서 반갑씀니다 / man na seo ban gap sseum ni da]
很高興見到您。

저는 _____ 입니다 . （이름）

[저는 ... 임니다 / jeo neun ... im ni da]
我是_____。（名字）

저는 _____ 입니다 . （직업）

[저는 ... 임니다 / jeo neun ... im ni da]
我是_____。（職業）

저는 _____ 에서 왔습니다 .

[저는 ... 에서 왇씀니다 / jeo neun ... e seo wa sseum ni da]
我從_____來。

제 가족은 _____ , _____ , 그리고 저 , 모두 _____ 명입니다 .

[제 가조근 ..., ..., 그리고 저 모두 ... 명임니다 / je ga jo geun ..., ..., geu li go jeo mo du ... myeong im ni da]
我的家人有_____、_____和我，共有_____個人。

저는 _____ 띠입니다 .

[저는 ... 띠임니다 / jeo neun ... ddi im ni da]
我屬_____。

저는 올해 _____ 살입니다 .

[저는 올해 ... 사림니다 / jeo neun ol hae ... sa lim ni da]
我今年_____歲。

제 별자리는 _____ 자리입니다 .

[제 별짜리는 ... 자리임니다 / je byeol jja li neun ... ja li im ni da]
我的星座是_____座。

제 생일은 _____ 월 _____ 일입니다 .

[제 생이른 ... 월 ... 이림니다 / je sae ŋi leun ... wol ... i lim ni da]
我的生日是_____月_____日。

그래서 저는 _____ 을 / 를 제일 좋아합니다 .

[그래서 저는 ... 을 / 를 제일 조아함니다 / geu lae seo jeo neun ... eul /leul je il jo a ham ni da]
所以我最喜歡_____。

저는 한국 음악을 좋아합니다 .

[저는 한국 으마글 조아함니다 / jeo neun han guk eu ma geul jo a ham ni da]
我喜歡韓國音樂。

저는 한국 가수 중에서 " _____ " 을 / 를 제일 좋아합니다 .

[저는 한국 가수 중에서 ... 을 / 를 제일 조아함니다 / jeo neun han guk gas u ju ŋe seo ... eul /leul je il jo a ham ni da]
我在韓國歌手當中最喜歡「_____」。

그리고 한국 영화도 좋아합니다 .

[그리고 한국 영화도 조아함니다 / geu li go han guk yeong hwa do jo a ham ni da]
而且也韓國電影喜歡。

저는 _____ 감독의 영화를 가끔 봅니다 .

[저는 ... 감도게 영화를 가끔 봄니다 / jeo neun ... gam do ge yeong hwa leul ga ggeum bom ni da]
我偶爾看_____導演的電影。

그리고 저는 _____ 을 / 를 너무 좋아합니다 .

[그리고 저는 ... 을 / 를 너무 조아함니다 / geu li go jeo neun ... eul / leul neo mu jo a ham ni da]
還有我很喜歡_____。

저는 주말에 친구들하고 같이 _____ .

[저는 주마레 보통 친구들하고 가치 ... / jeo neun ju ma le bo tong chin gu deul ha go ga chi ...]
我週末時，和朋友一起_____。

그리고 저는 _____ 색을 좋아합니다 .

[그리고 저는 ... 새글 조아함니다 / geu li go jeo neun ... sae geul jo a ham ni da]
還有我喜歡_____色。

그래서 _____ 색 옷을 자주 입습니다 .

[그래서 ... 색 오슬 자주 입씀니다 / geu lae seo ... saek o seul ja ju ip sseum ni da]
所以我常穿_____色衣服。

저는 지금 _____ 에 살고 있습니다 .

[저는 지금 ... 에 살고 이씀니다 / jeo neun ji geum ... e sal go i sseum ni da]
我現在住在_____。

저는 보통 회사에 _____ 을 / 를 타고 갑니다 .

[저는 보통 훼사에 ... 을 / 를 타고 감니다 / jeo neun bo tong hwe sa e ... eul / leul ta go gam ni da]
我通常搭_____去公司。

다음 주에 _____ 에서 _____ (V) (으 / ㄹ 거예요).

[다음 주에 ... 에서 .../ da eum ju e ...e seo ...]
下個禮拜在（地點）_____（V）_____。

저는 다음 주에 _____ 에 갈 겁니다 .

[저는 다음 주에 ... 에 갈 껌니다 / jeo neun da eum ju e ... e gal ggeom ni da]
我下個禮拜要去_____ 。

저와 같이 _____ 에 가고 싶습니까 ?

[저와 가치 ... 에 가고 십씀니까 / jeo wa ga chi ... e ga go sip sseum ni gga]
想要和我一起去_____嗎？

여기에 제 연락처가 있습니다 .

[여기에 제 열락처가 읻씀니다 / yeo gi e je yeol lak cheo ga it sseum ni da]
這裡有我的聯絡處。

그럼 , 전화 기다리겠습니다 .

[그럼 , 전화 기다리겠씀니다 / geu leom, jeon hwa gi da li get sseum ni da]

那麼我等您的電話。

감사합니다 .

[감사합니다 / gam sa ham ni da]

謝謝。

Appendix

| 附錄 |

練習題解答

| 練習題答解答 |

二、한국어의 표현 韓語的說法 P021

연습문제 練習題

請試著將下列的句子分類為「格式體」和「非格式體」，並填入下面的格子裡。

「格式體」	「非格式體」
사랑합니다 .	괜찮아요 ?
고맙습니다 .	맛있어요 .
알겠습니까 ?	알아요 .
알겠습니다 .	좋아요 .

三、한국어의 3 대 특징 韓語的 3 大特色 P028

연습문제 練習題

1. 請簡單的寫出「韓語的說法的簡單分類」和「韓語的特色」。

韓語的說法，簡單分成 2 種。就是：

1.「格式體」

「V / A ＋ㅂ / 습니까 ?」、「V / A ＋ㅂ / 습니다 .」等。

2.「非格式體」

「V / A ＋ (으) 세요」、「V / A ＋아요 / 어요 / 여요」等。

韓語的 3 大特色，就是：

1. 韓語是「表音文字」，將子音和母音結合，可以組成一個字，韓語一個字就是一個音節。 詞彙之間需要隔寫（띄어쓰기）。
2. 韓語的每個詞彙，幾乎都需要加上「助詞」。
3.「句型」和其他語言有差別。
   （1）S ＋（Adv.）＋ V / A 主詞＋（副詞）＋動詞 / 形容詞
   （2）S ＋ O ＋（Adv.）＋ V 主詞＋受詞＋（副詞）＋動詞
   （3）S ＋ N ＋이다 . 主詞＋名詞＋이다

2. 請選出適當的助詞填入練習題空格中。

	助詞	練習題
看「母音」的助詞	語尾助詞 「- 아 / 어 / 여 ~」	* 請參考 043 ～ 044 頁。
看「收尾音」的助詞	主詞助詞 「- 이 / 가」	불고기가 너무 맛있어요 . 烤肉很好吃。 비빔밥이 너무 맛있어요 . 拌飯很好吃。
	主詞助詞 「- 은 / 는」	사장님은 한국 사람이에요 . 老闆是韓國人。 남자 친구는 회사원입니다 . 男朋友是上班族。
	受詞助詞 「- 을 / 를」	여동생이 사과를 먹어요 . 妹妹在吃蘋果。 오빠가 한국어를 (열심히) 공부해요 . 哥哥努力學韓語。
固定的助詞	時間助詞「- 에」 方向助詞「- 에」 地點助詞「- 에서」	저는 한 시에 점심을 먹어요 . 我一點的時候，吃午餐。 친구가 한국에 가요 . 朋友去韓國。 오빠가 도서관에서 공부해요 . 哥哥在圖書館學習。

3. 請將下列詞組，排序成語順正確的句子。

1. 사랑해　내가 　　　오빠를	내가 오빠를 사랑해 . 我愛哥哥。
2. 선생님은　입니다 　　　한국사람	선생님은 한국사람입니다 . 老師是韓國人。
3. 제가　공부해요 　　한국어를　열심히	제가 한국어를 열심히 공부해요 . 我努力學韓語。

4. 會話練習

① 학생 2 : 저는 <u>비빔밥</u>을 좋아해요 .
　學生 2 : 我喜歡<u>拌飯</u>。

② 학생 2 : 저는 <u>현빈</u>을 좋아해요 .
　學生 2 : 我喜歡<u>玄彬</u>。

③ 학생 2 : 저는 <u>공유</u>를 좋아해요 .
　學生 2 : 我喜歡<u>孔劉</u>。

④ 학생 2 : 저는 <u>씨엔블루</u>를 좋아해요 .
　學生 2 : 我喜歡 <u>CNBLUE</u>。

⑤ 학생 2 : 저는 <u>씨엔블루의 "Can't Stop"</u>을 좋아해요 .
　學生 2 : 我喜歡 <u>CNBLUE 的「Can't Stop」</u>。

⑥ 학생 2 : 저는 <u>"도깨비"</u>를 봐요 .
　學生 2 : 我在看<u>「鬼怪」</u>。

⑦ 학생 2 : 저는 <u>경복궁</u>에 가고 싶어요 .
　學生 2 : 我想去<u>景福宮</u>。

Part 2 한국어 단어와 회화 활용하기 韓語單字・會話輕鬆說

一、한국어 회화 1：수업시간 용어 韓語會話 1：上課用語

1. 수업시간 용어 1 上課用語 1：
非格式體 I 的「現在時態」（多使用在非正式的場合）P039

연습문제 練習題：非格式體 I 的「現在時態」

1. 請參考下列表格中的基本型，寫出正確的語幹、語尾及現在時態。

基本型	語幹	語尾	現在時態
오다 來	오	세요	오세요
앉다 坐	앉	으세요	앉으세요
가다 去	가	세요	가세요
보다 看	보	세요	보세요
읽다 朗讀；讀	읽	으세요	읽으세요
주다 給	주	세요	주세요
기다리다 等待	기다리	세요	기다리세요
쉬다 休息	쉬	세요	쉬세요
책 펴다 翻開（書）	책 펴	세요	책 펴세요
책 덮다 闔上（書）	책 덮	으세요	책 덮으세요
공부하다 學習	공부하	세요	공부하세요
준비하다 準備	준비하	세요	준비하세요
시작하다 開始	시작하	세요	시작하세요
연습하다 練習	연습하	세요	연습하세요
복습하다 複習	복습하	세요	복습하세요
숙제하다 做功課	숙제하	세요	숙제하세요
메모하다 寫便條	메모하	세요	메모하세요
체크하다 打勾；確認	체크하	세요	체크하세요
확인하다 確認	확인하	세요	확인하세요

말씀하다 （長輩）説話	말씀하	세요	말씀하세요
일하다 做工作	일하	세요	일하세요

2. 請替換詞彙，試著練習下列「疑問」、「陳述」、「命令」3 種句型。

　S（要恭敬的對象）＋ V／A ＋（으）세요 ?(.)

❶「疑問」

남자 : 선생님은 지금 일하세요 ? 男生：老師現在工作嗎？

여자 : 네 , 선생님은 지금 일하세요 . 女生：是，老師現在工作。

❷「陳述」

남자 : 사장님은 주말에 뭐 하세요 ? 男生：老闆週末做什麼？

여자 : 사장님은 주말에 쉬세요 . 女生：老闆週末休息。

❸「命令」

직원 : 어서 오세요 . 職員：歡迎光臨；請進。

손님 : 물 주세요 . 客人：請給我水。

2. 수업시간 용어 2 上課用語 2：非格式體 II 的「現在時態」 P043

연습문제 練習題：非格式體 II 的「現在時態」

1. 請參考下列表格中的基本型，寫出正確的語幹、語尾、簡單化及現在時態。

❶ V / A ＋아요

基本型	語幹	語尾	簡單化（省略或縮寫）	現在時態
알다 知道	알	아요	-	알아요
맞다 對	맞	아요	-	알아요
좋다 好；喜歡	좋	아요	-	좋아요
가다 去	가	아요	가요	가요
오다 來	오	아요	와요	와요
보다 看	보	아요	봐요	봐요

❷ V / A ＋어요

基本型	語幹	語尾	簡單化（省略或縮寫）	現在時態
읽다 讀	읽	어요	-	읽어요
싫다 不喜歡；討厭	싫	어요	-	싫어요
웃다 笑	웃	어요	-	웃어요
먹다 吃	먹	어요	-	먹어요
맛있다 好吃	맛있	어요	-	맛있어요
기다리다 等待	기다리	어요	기다려요	기다려요
틀리다 錯	틀리	어요	틀려요	틀려요
마시다 喝	마시	어요	마셔요	마셔요

❸ V / A ＋여요

基本型	語幹	語尾	簡單化 （省略或縮寫）	現在時態
잘하다 做得好	잘하	여요	잘해요	잘해요
못하다 做得不好	못하	여요	잘해요	잘해요
공부하다 學習	공부하	여요	공부해요	공부해요
말하다 說	말하	여요	말해요	말해요
일하다 工作	일하	여요	일해요	일해요
사랑하다 愛	사랑하	여요	사랑해요	사랑해요

2. 請替換詞彙，試著口說練習下列「疑問」、「陳述」、「命令」、「提議」4種句型。
　S（沒有限制）＋ V / A ＋아요 / 어요 / 여요 ?(.)

❶ 「疑問」、「陳述」
남학생 : 지금 뭐 해요 ? 男學生：（你）現在做什麼？
여학생 : 저는 지금 공부해요. 女學生：我現在學習。

❷ 「命令」
여자 : 빨리 와요. 女生：（你）趕快來。
남자 : 잠깐만 기다려요. 男生：請稍等。

❸ 「提議」
친구 1 : 우리 같이 가요. 朋友 1：我們一起走吧。
친구 2 : 좋아요. 朋友 2：好。

3. 수업시간 용어 3 上課用語 3：非格式體的「過去時態」 P049
연습문제 練習題：非格式體 III 的「過去時態」

1. 請參考下列表格中的基本型，寫出正確的語幹、語尾、簡單化及現在時態。

❶ V / A ＋았어요

基本型	語幹	語尾	簡單化 （省略或縮寫）	現在時態
알다 知道	알	았어요	-	알았어요
맞다 對	맞	았어요	-	맞았어요
좋다 好；喜歡	좋	았어요	-	좋았어요
가다 去	가	았어요	갔어요	갔어요
오다 來	오	았어요	왔어요	왔어요
보다 看	보	았어요	봤어요	봤어요

❷ V / A ＋었어요

基本型	語幹	語尾	簡單化 （省略或縮寫）	現在時態
읽다 讀	읽	었어요	-	읽어요
싫다 不喜歡；討厭	싫	었어요	-	싫었어요
웃다 笑	웃	었어요	-	웃었어요
먹다 吃	먹	었어요	-	먹었어요
맛있다 好吃	맛있	었어요	-	맛있었어요
기다리다 等待	기다리	었어요	기다렸어요	기다렸어요
틀리다 錯	틀리	었어요	틀렸어요	틀렸어요
마시다 喝	마시	었어요	마셨어요	마셨어요

❸ V / A ＋였어요

基本型	語幹	語尾	簡單化 （省略或縮寫）	現在時態
잘하다 做得好	잘하	였어요	잘했어요	잘했어요
못하다 做得不好	못하	였어요	못했어요	못했어요
공부하다 學習	공부하	였어요	공부했어요	공부했어요
말하다 說	말하	였어요	말했어요	말했어요
일하다 工作	일하	였어요	일했어요	일했어요
사랑하다 愛	사랑하	였어요	사랑했어요	사랑했어요

2. 請替換詞彙，試著練習下列「疑問」、「陳述」2 種句型。

　　S（沒有限制）＋ V / A ＋았어요 / 었어요 / 하였어요 ?(.)

❶「疑問」、「陳述」

남학생：어느 나라에서 왔어요 ? 男學生：（你）從哪個國家來？

여학생：<u>대만</u>에서 왔어요 . 女學生：（我）從<u>臺灣</u>來。

❷「疑問」、「陳述」

남학생：어제 뭐 했어요 ? 男學生：（你）昨天做了什麼？

여학생：<u>책 읽었어요</u> . 女學生：<u>（我）看了書</u>。

4. 수업시간 용어 4 上課用語 4：格式體 I 的「現在時態」（多使用在正式的場合） P054

연습문제 練習題：格式體 I 的「現在時態」

1. 請參考下列表格中的基本型，寫出正確的語幹、語尾、疑問句與陳述句。

❶ V / A ＋습니까 ? / 습니다 .

基本型	語幹	語尾	疑問句	陳述句
좋다 好；喜歡	좋	습니까 ? 습니다	좋습니까 ?	좋습니다 .
고맙다 謝謝	고맙	습니까 ? 습니다	고맙습니까 ?	고맙습니다 .
앉다 坐	앉	습니까 ? 습니다	앉습니까 ?	앉습니다 .
읽다 讀	읽	습니까 ? 습니다	읽습니까 ?	읽습니다 .
웃다 笑	웃	습니까 ? 습니다	웃습니까 ?	웃습니다 .
먹다 吃	먹	습니까 ? 습니다	먹습니까 ?	먹습니다 .
맛있다 好吃	맛있	습니까 ? 습니다 .	맛있습니까 ?	맛있습니다 .

❷ V / A ＋ㅂ니까 ? / ㅂ니다 .

基本型	語幹	語尾	疑問句	陳述句
가다 去	가	ㅂ니까 ? ㅂ니다 .	갑니끼 ?	갑니다 .
오다 來	오	ㅂ니까 ? ㅂ니다 .	옵니까 ?	옵니다 .
보다 看	보	ㅂ니까 ? ㅂ니다 .	봅니까 ?	봅니다 .
마시다 喝	마시	ㅂ니까 ? ㅂ니다 .	마십니까 ?	마십니다 .

기다리다 等待	기다리	ㅂ니까 ? ㅂ니다 .	기다립니까 ?	기다립니다 .
감사하다 謝謝	감사하	ㅂ니까 ? ㅂ니다 .	감사합니까 ?	감사합니다 .
죄송하다 抱歉	죄송하	ㅂ니까 ? ㅂ니다 .	죄송합니까 ?	죄송합니다 .
미안하다 對不起	미안하	ㅂ니까 ? ㅂ니다 .	미안합니까 ?	미안합니다 .
좋아하다 喜歡	좋아하	ㅂ니까 ? ㅂ니다 .	좋아합니까 ?	좋아합니다 .
사랑하다 愛	사랑하	ㅂ니까 ? ㅂ니다 .	사랑합니까 ?	사랑합니다 .
공부하다 學習	공부하	ㅂ니까 ? ㅂ니다 .	공부합니까 ?	공부합니다 .
일하다 做工作	일하	ㅂ니까 ? ㅂ니다 .	일합니까 ?	일합니다 .

2. 請替換詞彙，試著練習以下「疑問」、「陳述」2 種句型。

S（沒有限制）+「V / A +ㅂ / 습니까 ?」和「V / A +ㅂ / 습니다 .」

❶「疑問」、「陳述」

여학생 : 지금 뭐 합니까 ? 女學生：（你）現在做什麼？

남학생 : 저는 지금 일합니다 . 男學生：我現在工作。

❷「疑問」、「陳述」

남학생 : 지금 무엇을 먹습니까 ? 男學生：（你）現在吃什麼？

여학생 : 저는 지금 짜장면을 먹습니다 . 女學生：我現在吃炸醬麵。

5. 수업시간 용어 5 上課用語 5：格式體的「過去時態」（多使用於正式的場合） P059

연습문제 練習題：格式體 II 的「過去時態」

1. 請參考下列表格中的基本型，寫出正確的語幹、語尾及現在時態。

❶ V / A +았습니까？/ 았습니다 .

基本型	語幹	語尾	簡單化 （省略或縮寫）	現在時態
좋다 好；喜歡	좋	았습니까？ 았습니다 .	-	좋았습니까？ 좋았습니다 .
앉다 坐	앉	았습니까？ 았습니다 .	-	앉았습니까？ 앉았습니다 .
가다 去	가	았습니까？ 았습니다 .	갔습니까？ 갔습니다 .	갔습니까？ 갔습니다 .
오다 來	오	았습니까？ 았습니다 .	왔습니까？ 왔습니다 .	왔습니까？ 봤습니다 .
보다 看	보	았습니까？ 았습니다 .	봤습니까？ 봤습니다 .	봤습니까？ 봤습니다 .

❷ V / A +었습니까？/ 었습니다 .

基本型	語幹	語尾	簡單化 （省略或縮寫）	現在時態
읽다 讀	읽	었습니까？ 었습니다 .	-	읽었습니까？ 읽었습니다 .
웃다 笑	웃	있습니까？ 었습니다 .	-	웃었습니까？ 웃었습니다 .
먹다 吃	먹	었습니까？ 었습니다 .	-	먹었습니까？ 먹었습니다 .
맛있다 好吃	맛있	었습니까？ 었습니다 .	-	맛있었습니까？ 맛있었습니다 .
마시다 喝	마시	었습니까？ 었습니다 .	마셨습니까？ 마셨습니다 .	마셨습니까？ 마셨습니다 .

| 기다리다 等待 | 기다리 | 었습니까 ?
었습니다 . | 기다렸습니까 ?
기다렸습니다 . | 기다렸습니까 ?
기다렸습니다 . |

❸ V / A + 였습니까 ? / 였습니다 .

基本型	語幹	語尾	簡單化 （省略或縮寫）	現在時態
좋아하다 喜歡	좋아하	였습니까 ? 였습니다 .	좋아했습니까 ? 좋아했습니다 .	좋아했습니까 ? 좋아했습니다 .
사랑하다 愛	사랑하	였습니까 ? 였습니다 .	사랑했습니까 ? 사랑했습니다 .	사랑했습니까 ? 사랑했습니다 .
공부하다 學習	공부하	였습니까 ? 였습니다 .	공부했습니까 ? 공부했습니다 .	공부했습니까 ? 공부했습니다 .
일하다 做工作	일하	였습니까 ? 였습니다 .	일했습니까 ? 일했습니다 .	일했습니까 ? 일했습니다 .
수고하시다 辛苦	수고하시	였습니까 ? 였습니다 .	수고하셨습니까 ? 수고하셨습니다 .	수고하셨습니까 ? 수고하셨습니다 .

2. 請替換詞彙，試著練習下列 2 種句型：「疑問」、「陳述」
（S＝沒有限制）＋「V / A ＋ 았 / 었 / 했습니까 ?」和「V / A ＋ 았 / 었 / 했습니다 .」

❶ 「疑問」、「陳述」

남자 : 오늘 뭐를 샀습니까 ? 男生 :（你）今天買了什麼？

여자 : <u>우유</u>를 샀습니다 . 女生 :（我）買了<u>牛奶</u>。

❷ 「疑問」、「陳述」

여자 : 어제 뭐 했습니까 ? 女生 :（你）昨天做了什麼？

남자 : 저는 어제 <u>공부했습니다</u> . 男生 : 我昨天<u>學習</u>了。

2. 생활회화 2 生活會話 2 P066
⑤ 會話 5

여학생：그거 뭐예요？ 女學生：那是什麼？

남학생：이거 <u>선물</u>이에요. 男學生：這是<u>禮物</u>。

3. 생활 회화 3 生活會話 3 P068
⑥ 會話 6

여학생：이거 <u>커피</u>예요？ 女學生：這是<u>咖啡</u>嗎？

남학생：아니요, <u>커피</u>가 아니에요. 男學生：不，不是<u>咖啡</u>。

4. 생활회화 4 生活會話 4 P071

⑥ 會話 6

여학생：<u>전화했어요</u>？ 女學生：<u>（你）打電話了嗎</u>？

남학생：아니요, <u>전화 안 했어요</u>. 男學生：不，<u>（我）沒有打電話</u>。

5. 생활회화 5 生活會話 5 P073
⑥ 會話 6

남학생：<u>남자 친구</u> 있어요？ 男學生：（你）有<u>男朋友</u>嗎？

여학생：아니요, <u>남자 친구</u> 없어요. 女學生：（我）沒有<u>男朋友</u>。

6. 생활 회화 6 生活會話 6 P075
② 請試著寫出感嘆詞。

남학생：<u>아이구</u>！ 男學生：<u>哎呀</u>！

여학생：<u>엄마야</u>！ 女學生：<u>我的媽呀</u>！

8. 생활 회화 生活會話 8 P080
③ 會話 3

여학생：이름이 뭐예요？ 女學生：（你的）叫什麼名字？

남학생：저는 <u>토비</u>예요. 男學生：我是 <u>Tobi</u>。

④ 會話 4

남학생 : 성함이 어떻게 되세요 ? 男學生 : 請問（您的）大名 ？

여학생 : 저의 (제) 이름은 <u>크리스티나</u>입니다 . 女學生 : 我的名字是 <u>Christina</u>。

9. 생활 회화 9　生活會話 9　P083

③ 會話 3

남학생 : 이메일이 어떻게 되세요 ?

男學生 :（您的）電子郵件是什麼 ？

여학생 : 저의 이메일은 <u>hahahakorean@gmail.com</u> 입니다 .

女學生 : 我的電子郵件是 <u>hahahakorean@gmail.com</u>。

④ 會話 4

여학생 : 라인 아이디가 뭐예요 ?

女學生 :（你的）Line ID 是什麼 ？

남학생 : 제 라인 아이디는 <u>hahahakorean-1234</u> 예요 .

男學生 : 我的 LINE ID 是 <u>hahahakorean-1234</u>。

10. 생활 회화 10　生活會話 10　P087

（略）

｜練習題解答｜

Part 3 한국어 단어와 회화 3 韓語單字 · 會話眞簡單 3

一、한국어 회화 3：단어와 회화 韓語會話 3：單字與會話

1. 한자어 숫자 漢字語數字

② 한국 화폐 韓國貨幣 P093

◎會話開口説！

② 여학생：이 모자 얼마예요？ 女學生：這帽子多少錢？

　남학생：만 오천 원이에요. 男學生：是一萬五千元。

③ 전화번호 電話號碼 P095

◎會話開口説！

③ 선생님：집 전화번호가 몇 번이에요？ 老師：（你的）家裡電話號碼是幾號？

　학생：저의 집 전화번호는 공이의 칠팔구의 일이삼사입니다.

　學生：我家裡電話號碼號碼是 02-789-1234。

④ 선생님：휴대전화 번호가 몇 번이에요？ 老師：（你的）手機號碼是幾號？

　학생：저의 휴대전화 번호는 공일공의 구팔칠육의 오사삼이입니다.

　學生：我的手機號碼是 010-9876-5432。

2. 고유어 숫자 固有語數字

① 숫자 數字 P098

◎會話開口説！

④ 선생님：오늘 뭐 샀어요？ 老師：（你）今天買了什麼？

　학생：빵 한 개 샀어요. 學生：（我）買了一個麵包。

② 나이 年齡 P100

◎會話開口説！

④ 선생님：몇 살이에요？ 老師：（你）幾歲？

　학생：스물한 살이에요. 學生：（我）二十一歲。

3. 시간 표현 時間表現

① 시간 1 時間 1　P104

◎會話開口說！

④ 선생님 : 지금 몇 시예요？ 老師 : 現在幾點？

　　학생 : <u>열</u> 시 <u>십</u> 분이에요. 學生 : 是<u>十</u>點<u>十</u>分。

⑤ 선생님 : 오늘 몇 시에 학교에 왔어요？ 老師 : （你）今天幾點來學校？

　　학생 : <u>여덟</u> 시 <u>삼십</u> 분에 왔어요. 學生 : （我）<u>八</u>點<u>三十</u>分來學校。

② 시간 2 時間 2　P107

◎會話開口說！

⑤ 남학생 : 우리 언제 다시 만나요？ 男學生 : 我們什麼時候再見面？

　　여학생 : <u>주말</u>에 또 만나요. 女學生 : <u>週末</u>再見面吧。

④ 생일 生日　P110

◎會話開口說！

⑤ 남학생 : 생일이 언제예요？ 男學生 : （你的）生日是什麼時候？

　　여학생 : <u>칠월 육일</u>이에요. 女學生 : 是<u>七月</u><u>六日</u>。

---

4. 계절 季節　P111

◎會話開口說！

② A : 어느 계절을 좋아해요？ A : （你）喜歡哪個季節？

　　B : 저는 <u>봄</u>을 좋아해요. B : 我喜歡<u>春天</u>。

　　A : 왜 <u>봄</u>을 좋아해요？ A : （你）為何喜歡<u>春天</u>？

　　B : 왜냐하면 <u>따뜻해요</u>. B : 因為<u>溫暖</u>。

　　　그래서 <u>봄</u>을 좋아해요. 所以（我）喜歡<u>春天</u>。

① 명절 , 기념일 節日、紀念日　P115

◎會話開口說！

⑥ 선생님 : 즐거운 <u>명절</u> 보내세요. 老師 : 祝您<u>佳節</u>愉快。

　　　　여러분 , 행복한 <u>추석</u> 보내세요. 祝各位過幸福的<u>中秋節</u>。

5. 별자리 星座 P117

◎會話開口說！

③ 선생님 : 별자리가 뭐예요 ? 老師：（你的）星座是什麼？

　　 학생 : 게자리예요 . 學生：是巨蟹座。

---

6. 동물 動物

❶ 띠 生肖 P119

◎會話開口說！

③ 선생님 : 띠가 뭐예요 ? 老師：（你的）生肖是什麼？

　　 학생 : 저는 원숭이띠예요 . 學生：我屬猴子。

❷ 동물 動物 P121

◎會話開口說！

③ 선생님 : 어떤 동물을 좋아해요 ? 老師：（你）喜歡哪一種動物？

　　 학생 : 저는 판다를 좋아해요 . 學生：我喜歡熊貓。

---

7. 신체 身體 P123

◎會話開口說！

③ 의사 : 어디 (가) 아프세요 ? 醫生：（您）哪裡不舒服？

　　 남자 : 배가 아파요 . 男子：（我）肚子痛。

---

8. 가족 家人 P125

◎會話開口說！

⑤ 선생님 : 가족이 누구누구예요 ? 老師：（你）有哪些家人？

　　 학생 : 아빠, 엄마, 오빠, 그리고 저, 모두 네 명이에요 .

　　 學生：爸爸、媽媽、哥哥還有我，全部四個人。

9. 직업 職業 P127

◎會話開口說！

② 선생님 : <u>토비</u> 씨는 직업이 뭐예요 ? 老師 : <u>Tobi</u> 先生，（你的）職業是什麼？

　　외국사람 : 저는 <u>회사원</u>이에요 . 外國人 : 我是<u>上班族</u>。

10. 색깔 顏色 P129

◎會話開口說！

④ 여학생 : 무슨 색깔을 좋아해요 ? 女學生 :（你）喜歡什麼顏色？

　　남학생 : 저는 <u>빨간색</u>을 좋아해요 . 男學生 : 我喜歡<u>紅色</u>。

11. 학생용품 學生用品 P131

◎會話開口說！

⑥ 사장님 : 뭘 찾으세요 ? 老闆 :（您）找什麼嗎？

　　남학생 : <u>볼펜</u>（을）좀 주세요 . 男學生 : 請給我<u>原子筆</u>。

⑦ 여학생 : <u>앉아</u> 주세요 . 女學生 : 請您<u>坐一下</u>。

　　남학생 : 네 , 알았어요 . 男學生 : 好，（我）知道了。

12. 전자용품 電子用品 P134

◎會話開口說！

④ 남학생 : 뭐 사러 가요 ? 男學生 :（你）去買什麼嗎？

　　여학생 : <u>커피</u>를 사러 가요 . 女學生 :（我）去買<u>咖啡</u>。

⑤ 여학생 : 뭐 하러 가요 ? 女學生 :（你）去做什麼？

　　남학생 : <u>공부하러</u> 가요 . 男學生 :（我）去<u>學習</u>。

13. 주방 용품　廚房用品　P138

◎會話開口説！

⑤ 남학생 : 저기요 , <u>젓가락</u> 좀 주세요 . 男學生 : 不好意思，請給我<u>筷子</u>。

　　직원 : 네 , 알겠습니다 . 잠깐만 기다리세요 . 職員 : 好，（我）知道了。請稍等。

14. 한국음식　韓國菜　P142

◎會話開口説！

⑥ 아줌마 : 주문하시겠어요 ? 阿姨 :（您）要點餐了嗎 ?

　　여학생 : 잠깐만요 . 뭐 먹을 거예요 ? 女學生 : 請等一下。（你）要吃什麼 ?

　　남학생 : 저는 <u>비빔밥</u> 먹을 거예요 . 男學生 : 我要吃<u>拌飯</u>。

　　여학생 : 저는 <u>냉면</u> 먹을 거예요 . 女學生 : 我要吃<u>冷麵</u>。

　　남학생 : 여기요 , <u>비빔밥 한 개</u>하고 <u>냉면 한 그릇</u> 주세요 . 男學生 : 請給我<u>一個拌飯</u>和<u>一碗冷麵</u>。

「V／A 的未來時態 1」

V／A ＋ㄹ (을) 거예요 ? (.) :

要 V／A 嗎 ?（。）、會 V／A 嗎 ?（。）　P144

❶ V／A ＋을 거예요

基本型	語幹	語尾	疑問句	陳述句
좋다 好；喜歡	좋	을 거예요	좋을 거예요 ?	좋을 거예요 .
앉다 坐	앉	을 거예요	앉을 거예요 ?	앉을 거예요 .
읽다 讀	읽	을 거예요	읽을 거예요 ?	읽을 거예요 .
먹다 吃	먹	을 거예요	먹을 거예요 ?	먹을 거예요 .

❷ V / A ＋ ㄹ 거예요

基本型	語幹	語尾	疑問句	陳述句
가다 去	가	ㄹ 거예요	갈 거예요 ?	갈 거예요 .
오다 來	오	ㄹ 거예요	올 거예요 ?	올 거예요 .
마시다 喝	마시	ㄹ 거예요	마실 거예요 ?	마실 거예요 .
놀다 玩	놀	거예요	놀 거예요 ?	놀 거예요 .
공부하다 學習	공부하	ㄹ 거예요	공부할 거예요 ?	공부할 거예요 .

「V 的未來時態 2」
V ＋ ㄹ（을）게요 . ：（我 / 我們）要 V。 P145

❶ V ＋ 을게요

基本型	語幹	語尾	第一人稱的未來時態
앉다 坐	앉	을게요	앉을게요 .
읽다 讀	읽	을게요	읽을게요 .
먹다 吃	먹	을게요	먹을게요 .

❷ V ＋ ㄹ게요

基本型	語幹	語尾	第一人稱的未來時態
가다 去	가	ㄹ게요	갈게요 .
기다리다 等待	기다리	ㄹ게요	기다릴게요 .
놀다 玩	놀	게요	놀게요 .
주문하다 點餐；訂貨	주문하	ㄹ 게요	주문할게요 .

「V／A 的未來時態 3」

V／A ＋겠습니까？／겠습니다 . : 要 V／A ？（。）、會 V／A ？（。）

V／A ＋겠어요 ?(.) : 要 V／A ？（。）、會 V／A ？（。）

❶ V／A ＋겠습니까？／겠습니다 .

基本型	語幹	「-겠-」	疑問句	陳述句
좋다 好；喜歡	좋	겠	좋겠습니까？	좋겠습니다 .
먹다 吃	먹	겠	먹겠습니까？	먹겠습니다 .
가다 去	가	겠	가겠습니까？	가겠습니다 .
오다 來	오	겠	오겠습니까？	오겠습니다 .
알다 知道	알	겠	알겠습니까？	알겠습니다 .

❷ V／A ＋겠어요 ?(.) : 要 V／A ？（。）、會 V／A ？（。）

基本型	語幹	「-겠-」	疑問句	陳述句
좋다 好；喜歡	좋	겠	좋겠어요？	좋겠어요 .
먹다 吃	먹	겠	먹겠어요？	먹겠어요 .
가다 去	가	겠	가겠어요？	가겠어요 .
오다 來	오	겠	오겠어요？	오겠어요 .
알다 知道	알	겠	알겠어요？	알겠어요 .

15. 음료수 飲料 P149

◎會話開口説！

④ 종업원 : 주문하시겠어요 ? 服務生 : 要點餐了嗎 ?

남학생 : 네 , 주스 한 잔하고 콜라 한 잔 주세요 . 男學生 : 是，請給我一杯果汁和一杯可樂。

⑤ 남학생 : 뭐 마실래요 ? 男學生 : （你）想要喝什麼 ?

여학생 : 저는 유자차를 마실래요 . 女學生 : 我想要喝柚子茶。

16. 조미료 調味料 P152

◎會話開口說！

④ 남학생 : <u>짜장면</u> 맛이 어때요 ? 男學生 : <u>炸醬麵</u>味道怎麼樣 ?

　　여학생 : 조금 <u>달아요</u> . 그런데 맛있어요 . 女學生 : 有一點<u>甜</u>。但是很好吃。

---

17. 야채 蔬菜 P155

◎會話開口說！

⑤ 외국여자 : <u>비빔밥</u>에 뭐가 들어가요 ? 外國女生 : <u>拌飯</u>裡放什麼 ?

　　요리사 : <u>밥</u>하고 <u>야채</u>가 들어가요 . 廚師 : 放<u>飯</u>和<u>蔬菜</u>。

⑥ 여학생 : 모든 음식 다 잘 먹어요 ? 女學生 : （你）所有的菜都很會吃嗎 ?

　　남학생 : 저는 <u>생강</u> 빼고 다 잘 먹어요 . 男學生 : 我除了<u>生薑</u>之外，都喜歡吃。

---

18. 과일 水果 P158

◎會話開口說！

④ 여학생 : <u>배 한 개</u>에 얼마예요 ? 女學生 : <u>一個梨子</u>多少錢 ?

　　사장님 : <u>삼천</u> 원이에요 . 老闆 : 是<u>三千</u>元。

　　여학생 : 좀 싸게 해 주세요 . / 좀 깎아 주세요 . 女學生 : 請算我便宜一點。

　　사장님 : <u>이천오백</u> 원만 주세요 . 老闆 : <u>給我兩千五百就好了</u>。

---

19. 운동 運動 P163

◎會話開口說！

④ 여학생 : 어떤 운동을 할 수 있어요 ? 女學生 : （你）會哪些運動 ?

　　남학생 : 저는 <u>볼링을 칠 수 있어요</u> . 男學生 : 我會<u>打保齡球</u>。

20. 교통수단　交通工具　P165

◎會話開口説！

④ 여학생 : 집에 어떻게 가요 ? 女學生 : （你）怎麼回家？

　남학생 : <u>자전거</u>로 가요 . 男學生 : （我）騎<u>腳踏車</u>回家。

⑤ 남학생 : 학교에 뭐 타고 가요 ? 男學生 : （你）搭什麼去學校？

　여학생 : <u>스쿨버스</u>를 타고 가요 . 女學生 : （我）搭<u>校</u>車去。

21. 장소　場所　P169

◎會話開口説！

④ 여학생 : 지금 어디에 가요 ? 女學生 : （你）現在要去哪裡？

　남학생 : <u>학교</u>에 가요 . 男學生 : （我）去<u>學校</u>。

⑤ 여학생 : 지금 어디에 있어요 ? 女學生 : （你）現在在哪裡？

　남학생 : 저는 지금 <u>도서관</u>에 있어요 . 男學生 : 我在<u>圖書館</u>。

⑥ 여학생 : <u>도서관</u>에서 뭐 해요 ? 女學生 : （你）在<u>圖書館</u>做什麼？

　남학생 : 저는 <u>도서관</u>에서 <u>공부해요</u> . 男學生 : 我在<u>圖書館學習</u> 。

22. 위치　位置　P172

◎會話開口説

② A : <u>고양이</u>가 어디에 있어요 ? A : <u>貓在哪裡</u>？

　B : <u>고양이</u>가 <u>의자 아래</u>에 있어요 . B : <u>貓在椅子下</u>。

23. 국가　國家　P176

◎會話開口説！

⑤ 남학생 : 어느 나라에서 왔어요 ? 男學生 : （你）從哪個國家來？

　여학생 : 저는 <u>미국</u>에서 왔어요 . 女學生 : 我從<u>美國</u>來。

24. 한국 지명과 대만 지명 韓國地名和台灣地名 P181

◎會話開口説！

④ 여학생 : 지금 어디에 살아요 ? 女學生 :（你）現在住哪裡 ?

남학생 : 저는 <u>부산</u>에 살아요 . 男學生 : 我住在<u>釜山</u>。

⑤ 여학생 : ○○ 씨는 어디에 가고 싶어요 ? 女學生 : ○○先生想去哪裡 ?

남학생 : 저는 <u>한라산</u>에 가고 싶어요 . 男學生 : 我想去<u>漢拏山</u>。

---

25. 서울 명소와 타이베이 명소 首爾景點和台北景點 P185

◎會話開口説！

④ 선생님 : <u>경복궁</u>에 가 봤어요 ? 老師 :（你）去過<u>景福宮</u>嗎 ?

남학생 : 네 , <u>경복궁에 가 봤어요</u> . 男學生 : 有 ,<u>（我）去過景福宮</u>。
　　　　　아니요 , <u>경복궁에 못 가 봤어요</u> . 　沒有 ,<u>（我）沒去過景福宮</u>。

二、유용한 서술어 有用的敘述語

1. 유용한 동사 有用的動詞 P189

◎會話開口説！

④ 남학생 : 지금 뭐 해요 ? 男學生 :（你）現在在做什麼 ?

여학생 : 지금 <u>커피를 마셔요</u> . 女學生 :（我）正在<u>喝咖啡</u>。

남학생 : 누구하고 <u>커피를 마셔요</u> ? 男學生 :（你）和誰<u>喝咖啡</u> ?

여학생 : <u>친구</u>하고 같이 <u>커피를 마셔요</u> . 女學生 :（我）和<u>朋友</u>一起<u>喝咖啡</u>。

남학생 : 어디에서 <u>커피를 마셔요</u> ? 男學生 :（你）在哪裡<u>喝咖啡</u> ?

여학생 : <u>커피숍</u>에서 <u>커피를 마셔요</u> . 女學生 :（我）在<u>咖啡廳喝咖啡</u>。

2. 유용한 형용사　有用的形容詞　P195

◎會話開口説！

⑤ 선생님 : 오늘 기분이 어때요 ?　老師 :（你）今天心情怎麼樣 ?

　　여학생 : 오늘 <u>한국에 가요</u> .　女學生 :（我）今天<u>去韓國</u>。

　　　　　　그래서 <u>신나요</u> .　　　　　所以（我）<u>很興奮</u>。

---

3. 일기 쓰기　寫日記　P199

◎會話開口説！

② **여러분 , 한국어로 일기를 해 보세요 . 請各位試著用韓語寫日記。**

오늘은 <u>여섯 시 십 분</u>에 일어났어요 .
今天早<u>上</u><u>六</u>點<u>十</u>分起床了。

저는 아침에 <u>밥</u>하고 <u>국</u>을 먹었어요 .
我早上吃了<u>飯</u>和<u>湯</u>。

<u>국</u>이 조금 짰어요 .
<u>湯</u>有一點<u>鹹</u>。

저는 <u>일곱 시 반</u>에 학교에 갔어요 .
我<u>七</u>點<u>三十</u>分去<u>學校</u>。

오전 <u>아홉 시 십 분</u>부터 <u>열두 시 오 분</u>까지 <u>공부했어요</u> .
（我）從<u>九</u>點<u>十</u>分到<u>十二</u>點<u>五</u>分<u>學習</u>。

저는 <u>열두 시 이십 분</u>쯤 <u>친구</u>하고 같이 점심을 먹었어요 .
我<u>十二</u>點<u>二十</u>分左右和<u>朋友</u>一起吃了午餐。

그리고 <u>한 시</u>에 커피를 마셨어요 .
然後（我）<u>一</u>點<u>喝了咖啡</u>。

오후에는 <u>운동을 했어요</u> .
下午（我）<u>運動</u>了。

그래서 좀 <u>피곤했어요</u> .
所以（我）有點<u>累</u>。

저는 <u>다섯 시 오십 분</u>에 지하철역에 갔어요 .
我<u>五</u>點<u>五十</u>分<u>去地鐵站</u>。

그리고 <u>지하철</u>을 탔어요 .
然後（我）搭上了<u>地鐵</u>。

저는 저녁 여섯 시 이십 분쯤 집에 왔어요 .
我晚上<u>六點二十</u>分左右回家了。

저는 좀 쉬었어요 .
我<u>休息了一下</u>。

그리고 저녁을 준비했어요 .
然後（我）<u>準備了晚餐</u>。

저는 지금 일기를 쓰고 있어요 .
我現在正在<u>寫日記</u>。

저는 조금 후에 학교 숙제를 할 거예요 .
我要<u>做學校的功課</u>。

그리고 열 한 시 삼십 분쯤 잘 거예요 .
然後（我）差不多<u>十一點三十</u>分要睡。

내일은 친구를 만날 거예요 .
（我）明天要<u>見朋友</u>。

그래서 내일 집에 좀 늦게 들어올 거예요 .
所以明天會<u>晚一點回家</u>。

4. 자기소개 自我介紹　P205

◎會話開口説！

② 여러분 , 한국어로 자기소개를 해 보세요 . 請各位試著用韓語自我介紹。

（略）

MEMO

國家圖書館出版品預行編目資料

Hahaha Korean 韓語單字・會話真簡單 / 金佳圓著；
-- 初版 -- 臺北市：瑞蘭國際 , 2017.03
240 面；19 × 26 公分 --（外語學習系列；36）
ISBN：978-986-94052-1-8（平裝附光碟片）
1. 韓語 2. 詞彙 3. 會話
803.22   105022728

外語學習系列 36

Hahaha Korean
韓語單字・會話真簡單

作者｜金佳圓
責任編輯｜潘治婷、王愿琦
校對｜金佳圓、潘治婷、王愿琦

韓語錄音｜金佳圓、金利培・錄音室｜純綷錄音後製有限公司
封面設計、內文排版｜劉麗雪

董事長｜張暖彗・社長兼總編輯｜王愿琦・主編｜葉仲芸
編輯｜潘治婷・編輯｜紀珊・編輯｜林家如・編輯｜何映萱
設計部主任｜余佳憓
業務部副理｜楊米琪・業務部組長｜林湲洵・業務部專員｜張毓庭
編輯顧問｜こんどうともこ

法律顧問｜海灣國際法律事務所　呂錦峯律師

出版社｜瑞蘭國際有限公司・地址｜台北市大安區安和路一段 104 號 7 樓之 1
電話｜(02)2700-4625・傳真｜(02)2700-4622・訂購專線｜(02)2700-4625
劃撥帳號｜19914152 瑞蘭國際有限公司
瑞蘭網路書城｜www.genki-japan.com.tw

總經銷｜聯合發行股份有限公司・電話｜(02)2917-8022、2917-8042
傳真｜(02)2915-6275、2915-7212・印刷｜宗祐印刷有限公司
出版日期｜2017 年 03 月初版 1 刷・定價｜450 元・ISBN｜978-986-94052-1-8